Rüdiger Schneider

Petermanns Reise

Personen und Handlung sind frei erfunden, Ähnlichkeiten oder gar Übereinstimmungen mit Namen rein zufällig.

Rüdiger Schneider

Petermanns Reise

Erzählung

Bibliografische Information der Deutschen Nationalbibliothek: Die Deutsche Nationalbibliothek verzeichnet diese Publikation in der Deutschen Nationalbibliografie; detaillierte bibliografische Daten sind im Internet über http://dnb.d-nb.de abrufbar.

Verlag: BoD · Books on Demand GmbH,
In de Tarpen 42, 22848 Norderstedt, bod@bod.de
Druck: Libri Plureos GmbH, Friedensallee 273,
22763 Hamburg

ISBN: 978-3-7693-1762-6

1

Dem alten Petermann war die Frau gestorben. Da war er 85, die Frau hatte es auf 82 gebracht. Drei Jahre lang blieb Petermann in gelähmter Trauer in seiner Wohnung, ließ sich durch Zulieferdienste das Nötigste bringen. Ein Whisky war immer dabei. Die Mitbewohner im Haus nannten ihn schon Whisky-Hans. Ich bat sie um Nachsicht. „Er hat seine Frau verloren", sagte ich. „Da kann man das doch verstehen." Manchmal ging ich für ihn einkaufen.

Hans Petermann war der Nachbar, der in dem Miethaus in Andernach über mir wohnte. In diesen drei Jahren bestand seine Tätigkeit aus Sitzen, Schlafen, Trinken, in die Fernsehkiste glotzen. In den Jahren zuvor, als Änne, seine Frau noch lebte, hatten wir ab und zu Schach gespielt, saßen im Sommer auf seinem Balkon, rauchten, ich trank mein Bier, er dazu einen Kaffee, um nüchtern zu bleiben und klar denken zu können, versagte sich aber nicht die Zigarette. Im Winter waren wir in seinem Wohnzimmer, oblagen den gleichen Gewohnheiten, gegen die Änne nie protestierte. Sie war eine freundliche, tolerante Frau, die sich nicht über den Rauch beschwerte. Finanziell ging es den Petermanns gut. Beide bezogen eine Rente. Ihn hatte ich noch nicht nach seinem früheren Beruf gefragt. Sie hatte ein Schuhgeschäft geführt.

Es war Anfang Februar 2025, als Petermann auf einmal bei mir klingelte. Ich öffnete, war überrascht, dass er endlich die Treppe gefunden hatte. Ich staunte. Denn er sah frisch und erholt aus, roch angenehm nach irgendeinem Parfüm.

„Oh!" sagte ich. „Ein Wunder ist geschehen."

„Da wird es auch noch mehr von geben. Ohne Frau ist das Leben fürchterlich."

Wir spielten Schach in meinem Wohnzimmer. Seinen Whisky hatte er mitgebracht. „Welche Wunder wird es geben?" fragte ich neugierig.

„Ich werde nach einer neuen Frau suchen."

„Mit 88?"

„Ja, mit 88. Ich bin einer Dating-Plattform beigetreten."

„Das funktioniert doch nicht in unserem Alter. Die meisten Frauen dort suchen Nichtraucher. Am besten auch nichts trinken. Die Altersgrenze für Männer liegt bei 69. Oder sie wollen erheblich jüngere. Die Idee kannst du dir abschminken."

Ich sprach aus Erfahrung. Meine Freundin hatte ich in solch einem Forum mit 65 gefunden. Wir führten eine Wochenendbeziehung, die wegen des seltenen Sehens stabil war. Ich war jetzt 72, hatte als Schriftsteller an den Werktagen genug zu tun, beklagte mich nicht über die Einsamkeit, hatte mich daran gewöhnt. Was Petermann da vorhatte, schien mir von vorneherein zum Scheitern verurteilt.

„Geh lieber ins Pflegeheim", schlug ich ihm vor. „Da findest du noch was. Hier in Deutschland ist das aussichtslos, in freier Wildbahn auf eine neue Liebe zu treffen."

„Hier suche ich ja auch gar nicht", meinte er. „Mein Forum heißt ‚Diamond-Dating'. Da kann man sich die Länder aussuchen. Ich habe mich für Kolumbien und Brasilien entschieden. Da ist die Altersgrenze anders. Da sucht die Fünfzigjährige noch einen Mann zwischen 60 und 99. Und da gibt es auch Dreißigjährige oder noch jüngere, die solch einen Mann suchen. Aber das sind wahrscheinlich solche, die nur hinter dem Geld her sind und auf deinen Tod warten. Oder es sind mit KI gebastelte Fakes und

Fotos, hinter denen irgendein Gangster steckt. Aber die mit 50 oder 60 meinen es meistens ernst. Manchmal auch die mit 40."

„Du hast dich auf dieser Plattform schon umgesehen?"

„Ja. Seit zwei Wochen. Es belebt mich. Ich werde wieder unternehmenslustig. Ich tausche mit dreißig Frauen E-Mails aus. Die meisten wohnen in Kolumbien und Brasilien. Auf diese beiden Länder werde ich mich konzentrieren. Es sind sehr schöne, muntere Frauen. Ich könnte dir Fotos zeigen, da würdest du deine Wochenendbeziehung an den Nagel hängen."

„In welcher Sprache kommuniziert ihr denn miteinander? Sprichst du Spanisch und Portugiesisch?"

„Noch nicht so richtig. Aber ich habe angefangen zu lernen. Mit Buch und CD's."

„Und du behältst die Wörter in deinem gesegneten Alter?"

„Ich wiederhole sie ständig. Bei den Nachrichten von den Frauen behelfe ich mir mit dem Übersetzer von Google. Das funktioniert sehr gut. Aber manche Damen sprechen auch Englisch. Telefonieren geht natürlich nicht. Aber das kommt noch. Mit einigen verständige ich mich auch schon über WhatsApp. Schriftlich. Da habe ich Zeit, mir alles von Google übersetzen zu lassen."

„Du selbst hast ein aktuelles Foto ins Netz gestellt?"

„Nein. Eins von vor 18 Jahren."

„Das merken die doch, wenn ihr euch treffen solltet."

„Nein. Ich habe mir Antifalten-Cremes kommen lassen. Und Peeling-Masken und Gelee-Royal. Die Ernährung habe ich auf ‚gesund' umgestellt. Viele Säfte und Gemüse. Der Whisky allerdings soll mir nach wie vor schmecken. Aber ich trinke weniger."

Erst da fiel mir auf, dass er noch keine einzige Zigarette geraucht hatte, während bei mir schon drei Kippen im Aschenbecher lagen.

„Du rauchst nicht mehr?" fragte ich erstaunt.

„Man muss für so ein Unternehmen Opfer bringen", antwortete er. „Nicht zu rauchen verbessert das Hautbild. Jetzt steht noch der Gang zum Zahnarzt bevor, damit die Beißerchen aufgehellt werden."

„Du spinnst!", meinte ich. „Man kann die Zeit nicht zurückdrehen, das Altern aufhalten."

„Nein, kann man nicht. Aber das Aussehen verbessern. So, wie ich vor zwei Wochen noch ausgesehen habe, hätte mir jede Frau die Tür vor der Nase zugemacht. Da ähnelte ich dem Bärenhäuter aus dem Grimmschen Märchen. Wuchernder Bart, Zottelhaare. Da ich alleine war, musste ich auch nicht duschen."

„Du warst beim Friseur, bist endlich mal wieder rausgegangen?"

„Ich habe ihn kommen lassen. Wie ich ausgesehen habe, konnte ich ja nicht unter die Leute."

„Welches Foto von dir hast du denn ins Netz gestellt?"

„Mehrere. Eins von vor 18 Jahren. Da sitze ich mit Baseballkappe und Sonnenbrille an irgendeinem Strand, weiß nicht mehr, wo das war, lächle in die Kamera. Ein recht lässiges Foto. Ein zweites stammt aus der Zeit, als ich noch Tennis spielte."

„Ist das nicht Betrug?" fragte ich. „Welches Alter hast du denn im Profil angegeben?"

„72. Ich nähere mich dem wieder."

Ich schüttelte den Kopf. Das letzte Mal hatte ich Petermann vor zwei Monaten gesehen, als ich für ihn bei REWE einkaufen war. Es stimmte. Er sah jetzt erheblich frischer und munterer aus. Aber die Zeit optisch um 16 Jahre zurückzudrehen, konnte wohl kaum gelingen. Sollte er je eine der Damen treffen, würden die bei einer Tasse Kaffee nur aus Höflichkeit bei ihm sitzen bleiben.

„Und was hast du jetzt weiter vor?"

„Noch diesen Monat fliege ich nach Rio de Janeiro. Da habe ich drei Bräute sitzen. Danach kommt Cartagena de Indias an der kolumbianischen Karibikküste. Da sind es vier. Bei meiner Auswahl habe ich darauf geachtet, dass sie alle einen Reisepass besitzen. Ich will ja nicht alleine zurückkommen. Vielleicht bleibe ich auch da. Der Winter hier ist scheußlich. Und überhaupt die Stimmung in dem Land. In Kolumbien und Brasilien ist das ganz anders. Lebenslustig, freundlich, tolerant. Da kommen alle Hautfarben gut miteinander aus."

Ich lehnte mich in meinem Sessel zurück, schüttelte wieder den Kopf. „Übernimmst du dich nicht mit so einem

Projekt? Du bist ja nicht mehr der Jüngste."

„Ach was! Es belebt mich."

„Verzeih mir die intime Frage. Wie ist das denn mit dem Sex? Du nimmst ein Päckchen blaue Pillen mit?"

„Nein. Mein Viagra ist eine schöne Frau."

„Wie alt sind die Damen denn, die du treffen willst?"

„Alle zwischen 40 und 64. Da geht noch was. Du kannst nach der Schachpartie mit nach oben kommen. Dann zeige ich dir die Fotos."

Er hatte meine Neugierde geweckt. Nach dem Schachspiel ging ich mit ihm in seine Wohnung.

2

Die Wohnung wirkte sehr aufgeräumt, sauber. So als hätte eine Frau ihre Hand im Spiel. Ich hatte die Behausung noch anders in Erinnerung. Da war alles wahllos verstreut. Hosen, Strümpfe, Hemden. Die Whiskyflaschen stapelten sich in der Wohnzimmerecke. Er hatte sie entsorgt und die Textilien wahrscheinlich ordentlich im Kleiderschrank verstaut. Als ich an der Küche vorbeikam, konnte ich einen kurzen Blick hineinwerfen. Da lagen keine angeschimmelten Pizzareste oder Brotscheiben mehr auf der Arbeitsfläche. Ich hatte mir schon Sorgen um Petermann gemacht. Dass er auf dem Weg zum Messie wäre. Denn er hatte auch alle Kartons der Zulieferer aufbewahrt. Die waren weg, verengten nicht mehr den Weg durch den Flur. Na ja, dachte ich, das ist wenigstens ein erstes, schönes Ergebnis seines Projekts. Der glaubt wirklich, dass er mit einer Frau zurückkommt. Auch sein Arbeitszimmer war aufgeräumt.

Er fuhr den Computer hoch. Er hatte einen zweiten Stuhl geholt. Ich saß neben ihm, war gespannt, was er mir zeigen würde.

„So, da haben wir es ja, ‚Diamond Dating'. Ich fang mit Rio an."

Er scrollte sich durch die Fotos und Profile, klickte auf ein Foto. „Eine recht hübsche, noch jung aussehende Frau erschien. „Das ist Kiara", sagte Petermann. „63 Jahre. Ist sie nicht süß!? Haut wie Milchkaffee, lange, schwarze Haare und ein warmes, ansprechendes Lächeln. Und die Figur! Wie eine Venus steigt sie am

Strand aus dem Wasser. Einfach super. Sie sucht eine ernsthafte Beziehung. Und guck mal, was sie dazu schreibt. Der Betreiber des Forums lässt, was sie auf Portugiesisch schreibt, direkt ins Deutsche übertragen.

Ich beugte mich etwas zum Bildschirm vor und las: „Suche einen zuverlässigen, treuen Mann zwischen 60 und 90, eine wahre Liebe, um das gemeinsame Leben zu beenden."

„Ja, ja", kommentierte Petermann, „da passieren auch Übersetzungsfehler. Sie meint natürlich, um das Leben gemeinsam zu beenden, also bis zum Schluss treu zusammenzubleiben'."

Er scrollte das Profil hoch. „Und hier, bei ‚Sprachkenntnisse'. Fließend Englisch. Bei mir sind von der Schule noch ein paar Wörter geblieben. Wenn das mit meinem Lernen nicht klappt, geht es eben so.

„Du musst mir jetzt nicht alle Frauen zeigen", sagte ich. „Aber lass mich doch mal die Älteste von deiner Auswahl sehen."

Ein paar Klicks, dann erschien das Foto einer lässig und einladend in der Hängematte liegenden Frau mit einem Hut auf dem Kopf.

„Das ist Patricia aus Rio. Sie ist 64. Meinst du, das ist zu alt für mich?"

„Nein", antwortete ich. „Geht grade noch."

„Sie kann auch fließend Englisch. Ich habe mir die Frauen auch nach sprachlichen Kriterien ausgesucht. Das wäre ja ziemlich blöd, wenn man sich im Restaurant gegenüber sitzt und kann nicht sprechen."

„Du willst also wirklich fliegen?"

„Ja. Mit den Italienern über Rom nach Rio. Das war für 462 Euro das beste Angebot. Ich denke, Alitalia kann man nehmen. Die Lufthansa verlangt für den Flug fast das Dreifache. Ich fliege, bevor der Karneval in Rio beginnt. Es gibt noch freie Hotelzimmer. Ich werde eins an der Copacabana buchen."

Ich dachte an einen Song von Curd Jürgens. ‚Sechzig Jahre und kein bisschen weise'. Petermann hatte es offensichtlich mit 88 noch nicht geschafft.

3

Zurück in meiner guten Stube wunderte ich mich immer noch. War das verrückt, was Petermann vorhatte? Oder war es nur verwegen und trug irgendeinen Sinn in sich? Er war aus seiner Apathie erwacht und flog nun auf einen anderen Kontinent, wo er sich trotz seines biblischen Alters größere Chancen ausrechnete als in Deutschland. Ich hatte es kaum glauben können. Er hatte mir auch noch ein paar andere Profile gezeigt. Da gab es Frauen, ich bin versucht zu sagen, Mädchen, die 25 waren und einen Mann zwischen 50 und 90 suchten. Und die Profile waren verifiziert. Das heißt, der Ausweis war dem Forum zum Nachweis der Identität übermittelt worden. Was suchten sie wirklich? Einen Sugardaddy, der ihnen Geld zukommen ließ? Ich weiß es nicht. 60 Jahre Altersunterschied! Das ist heftig. Aber auch bei Petermanns Ältester, Patricia aus Rio, 64, war die Differenz groß. 24 Jahre. Das mochte vielleicht noch gutgehen. Ich musste zugeben, er hatte sich sieben hübsche Frauen ausgesucht. Schön wie Helena bei Homer im Trojanischen Krieg. Petermann war auch nicht unbedingt hässlich. Ein stattlicher, alter Mann. 1.85 groß, schlank, immer noch mit einem Hauch von Athletik. Ein paar Falten im Gesicht hatte er mit seinen

Cremes schon weggebügelt. Die weißen Haare umkränzten jetzt, ordentlich in Fasson geschnitten, ein Gesicht, das im Profil dem eines Indianers glich. Die blauen Augen blitzten wieder und blickten nicht wie vorher trübe und verschleiert vor sich hin. Eine erstaunliche Wandlung. Das noch vollständige Gebiss war zwar altersgemäß verschattet. Aber das wollte er ja noch aufhellen lassen. Auch seine Kleidung hatte sich geändert. Er trug ein beigefarbenes Marokkohemd, in der gleichen Farbe auch eine bequeme, legäre Leinenhose. An den Füßen steckten hellbraune Mokassins. Er sah tatsächlich aus wie ein Globetrotter, war ganz anders als der biedere, unauffällig gekleidete Rentner zuvor. „Ist die Tour nicht etwas teuer?" hatte ich ihn gefragt. „Flüge, Hotels, und die Ladies werden von dir erwarten, dass du sie einlädst. Und wenn du den Sugardaddy spielst, geht es richtig an den Beutel."

„Ach was!" hatte er abgewunken. „Ich habe die letzten drei Jahre gespart und bekomme eine satte Rente. Dazu noch die Witwerrente von Änne. Ist doch schön, wenn man andere daran teilhaben lässt. Auf der Bank ruht das Geld nur unnütz."

„Gut", hatte ich gesagt. „Dann lass mich auch teilhaben. Du weißt, ich bin jetzt Schriftsteller, immer auf der Suche nach Geschichten. Wenn du zurück bist, erzählst du mir, was du erlebt hast. Einverstanden?"

„Ja, gerne. Falls ich wirklich was erlebe. Stelle dir das aber nicht zu abenteuerlich vor. Es sind ganz normale Damen."

„Egal, wie es ausgeht. Ungewöhnlich ist es schon, dass ein, Verzeihung, schon älterer Herr auf solch eine weite Reise geht."

„Na und!?" meinte er. „Was Besseres als den Tod finde ich allemale. Bremer Stadtmusikanten. Soll ich hier versauern und mit der Zeit mumifiziert werden? Da doch lieber endlich mal was erleben."

4

Der Fall Petermann musste mich einfach interessieren. Ein paar Jahre war ich zunächst Lehrer an einem Abendgymnasium, hatte dann aber das Unterrichten satt und mich dem Studium der Psychologie gewidmet, wurde mit 38 wieder Student. Nach meinem Abschluss mit einem Diplom war ich zunächst im Kirchendienst tätig. Bis mich ein besonderer Vorfall auf das Gebiet der Zwangshandlung brachte. Da hatten wir in unserer kleinen Stadt Andernach einen Pfarrer, der unter dem Tourette-Syndrom litt. Da kommen einem Menschen irgendwelche Einfälle in den Sinn – meist keine besonders guten –, die er zwanghaft sprechen oder rufen muss. Auf der Kanzel wich er bei der Predigt plötzlich vom Thema ab und rief in das Kirchenschiff hinein: „Beten und Ficken! Danach handelt!" Der Mann tat mir leid. Er selbst litt auch darunter und wurde vom Bischof suspendiert. Ich eröffnete danach in dem Miethaus, in dem ich und Petermann wohnen, parterre eine Praxis und widmete mich der Zwangshandlung. Im Laufe der Zeit mit wachsendem Erfolg, der sich herumsprach. Kunden beziehungsweise Patienten kamen aus allen Teilen Deutschlands. Aus Hamburg, ebenso aus München. Ich hatte die sonderbarsten Fälle. Zum Beispiel den eines hochdotierten Managers, der, kam er abends nach Hause, den Wagen noch einmal aus der Garage holte und eine Runde um das Viertel drehte, um zu sehen, ob er einen Unfall verursacht hatte. Oder den eines Lehrers, der sich freundlich mit seinem Direktor unterhielt, dann aber plötzlich sagte: „Du Arschloch!" Es war für mich immer sehr spannend zu erfahren, wie Menschen unter Zwängen stehen. Die sind tief im Unterbewusstsein verwurzelt und so war meine Heilmethode die Hypnose. Ein vernünftiges Gespräch hilft nicht. Nach meinem Eintritt in den Ruhestand begann ich Bücher über Zwangshandlungen zu schreiben und zu veröffentlichen. In diesem Sinne bezeichne ich mich als Schriftsteller. Das Gebiet der Belletristik liegt mir fern. Mir fehlt dazu die Phantasie. Ich bin Autor für Sachbücher. Aber jetzt hatte ich ja Petermann und seine kommenden Erlebnisse. Was er nun unternehmen will, fällt für mich wenigstens mit einem gewissen Anteil unter das Gebiet der Zwangshandlung. Anders kann ich es mir nicht vorstellen, dass jemand mit 88 Jahren 12 000 Kilometer und noch mehr fliegt, um sich nach einer erheblich jüngeren Frau umzusehen und dabei nicht nur eine im Blick hat, sondern gleich sieben. Sieben auf einen Streich. Das tapfere Petermännlein. Ob ein Buch dabei herumkommt, weiß ich jetzt natürlich noch nicht. Vom Sachbuch werde ich da wohl etwas abweichen müssen. Benennen wir es mit dem Arbeitstitel ‚Bericht eines Abenteuers mit psychologischem Kommentar‘. Vielleicht gebe ich aber auch nur das wieder, was Petermann mir erzählt. Ein anderer Titel wäre: ‚Der Magnetismus des Femininen‘. ‚Schwarze Löcher‘ wäre auch möglich. Man weiß ja aus der Astronomie, welche Anziehungskraft so ein schwarzes Loch hat. Es saugt alles zu sich heran und verschlingt. Keine Materie kann dem widerstehen. Und so erschien mir auch Petermann als Opfer einer ungeheuren Suggestivkraft. Ein paar Tage blieb er mir noch im Haus erhalten. Dass er Opfer einer Zwangshandlung war, würde ich ihm während unserer Schachpartien natürlich nicht unter die Nase reiben, sondern eine höflich neugierige Befragung unternehmen.

5

Schon am nächsten Nachmittag klingelte er bei mir. Ich öffnete, sagte:

„Hereinspaziert! Du möchtest Schach spielen?"

„Klar!"

Er hatte eine Flasche Whisky dabei. Wir setzten uns an den Schachtisch. Edle Ausführung mit Platz an der Seite für Aschenbecher und Getränke. Ich holte mir ein Bier aus dem Kühlschrank, für ihn ein Glas. Wir bauten die Figuren auf. Er spielte turnusgemäß mit Weiß. Wir wechselten immer. Die letzte Partie hatte er mit Schwarz gespielt.

„Ich bewundere deinen Mut", begann ich das Gespräch. „In deinem fort-geschrittenen Alter zwei fremde Sprachen auf einmal zu lernen. Spanisch für Kolumbien, Portugiesisch für Brasilien. Kommst du da nicht durcheinander?"

„Weiß ich noch nicht. Aber ich habe mir zur Sicherheit einen Translator gekauft. Hat Handygröße und verfügt nahezu über alle Sprachen der Welt. Man stellt die gewünschte Sprache ein, spricht ins Mikrophon den deutschen Satz. Dann erscheint der auf dem Display in zum Beispiel spanischer Übersetzung und wird zugleich auch gesprochen. Das kann dann umgekehrt die Partnerin auch machen. Man reicht das Gerät also hin und her. Ich weiß, das ist etwas umständlich. Es ist ein Notbehelf. Deshalb versuche ich ja auch zu lernen. Aber ich habe Gott sei Dank vorzugsweise Frauen ausgesucht, die Englisch sprechen."

„Gibt es in dem Dating-Forum etwas Neues? Hast du noch weitergesucht?"

„Gesucht nicht direkt. Aber die Nachrichten gelesen, die ich bekommen habe. Da schreibt zum Beispiel Renata aus Bahia, 61 Jahre alt, akademische Bildung, Bachelor: ‚Ich bin eine ernste, romantische, loyale, familiäre Tapferkeit.' Tapferkeit? Was meint sie damit. Na, egal. Sie schreibt weiter: ‚Suche netten, loyalen, großzügigen Gentleman zwischen 53 und 90. Wenn Sie aber einen Chat mit der Webcam über Skype wünschen, um virtuellen Sex zu machen, dann melden Sie sich bitte.' Mach ich natürlich nicht. Der Ausdruck ‚großzügig' ist verräterisch. Das könnte teuer werden. In Versuchung komme ich allerdings bei Hilda aus Santa Catarina, Florianopolis, 25 Jahre, eine verdammt süße Studentin, verführerisch die Strandfotos im Bikini. Wunderschöne Figur, offenes, warmes, zugewandtes Lächeln. Sie sucht einen Mann zwischen 60 und 100. Das ganze Profil ist ernsthaft ausgefüllt und certifiziert. Dass man großzügig sein muss, davon ist nicht die Rede. Da überlege ich mir schon, ob ich mir nicht zuerst ein paar schöne Wochen mit ihr machen soll."

„Warum nicht!?" meinte ich. „Wenn du das verkraftest. Nicht nur finanziell. Ist ja sehr ungewöhnlich. Eine 25Jährige sucht einen Mann zwischen 60 und 100. Auch für eine Langzeitbeziehung?"

„Nein, nur für eine Romanze und ein Treffen."

„Ich denke, du hast erst einmal mit deinen sieben Auserwählten genug zu tun. Vergeude nicht deine Kraft. Ihr schreibt euch regelmäßig?"

„Ja. Dazu haben wir auch Telefon-nummern ausgetauscht und sprechen manchmal miteinander. Auf Englisch natürlich. Ich benutze dazu auch den Translator."

„Sieht ja nach einem ernsthaften Unternehmen aus. Was wäre, wenn du aber nicht fliegen kannst? Weil dich zum Beispiel eine heftige Grippe nieder-geworfen hat. Zur Zeit geht ja so eine Welle durch das Land."

„Das wäre eine Katastrophe."

„Da hat sich bei dir schon eine fixe Idee festgesetzt? Du musst es also machen?"

„Muss? Ich will."

„Und wenn ich dir das als fürsorglicher Freund ausreden wollte?"

„Keine Chance! Da gibt es keinen Rückzieher."

Er ist wirklich in die Nähe des Zwangs gekommen, dachte ich. Der Trieb ist ein unterirdischer Dämon. Eine hinterhältige Falle des Unterbewusstseins. Oder einfach ein Spiel der Hormone, die bei Petermann immer noch herumtanzen.

6

„Hans", sagte ich in einem väterlichen Ton. „Ich kann dir von deinem Unternehmen nur abraten. Der lange Flug nach Rio, dann nach Kolumbien. Sieben Treffen mit einer Unbekannten, von der du im Grunde nichts weißt. Schreiben können sie viel. Ob es stimmt, ist eine andere Geschichte. Unterschätze dein Alter nicht. Du wirst erschöpft sein."

„Bin ich aber nicht", erwiderte er trotzig. „Langer Flug. Na und! Ich nehme mir aus dem Duty-Free eine Flasche

Whisky mit an Bord. Was meinst du, wie schön ich schlafe."

Er war keinem gut gemeinten Rat zugänglich. Was ein weiteres Merkmal für Zwangshandlungen ist. Sagt man jemanden, der unter einem Waschzwang leidet: „Wasch dir nicht so oft die Hände, sonst nimmt die Haut Schaden!" so hilft das überhaupt nicht. Das Verhalten ändert sich nicht. Der Zwang ist stärker.

„Ich kann dich in Hypnose versetzen", bot ich ihm an.

„Du spinnst", sagte er. „Willst du mir das letzte und einzige Abenteuer meines Lebens rauben?"

„Ich will dich vor Schaden bewahren."

„Flieg doch mit!" schlug er vor. „Von den sieben Frauen bleibt eine bestimmt für dich übrig."

„Ich bin versorgt."

„Wochenendbeziehung!" spottete er. „So ein Schmarren! Wie oft hast du dich darüber beklagt. Eine Frau muss einem Mann Tag und Nacht an der Seite sein. So will ich das jedenfalls und so war ich es gewohnt."

„Ich bin nicht so possessiv wie du", verteidigte ich mich.

„Meine Änne wollte es so. Immer an der Seite ist ja übertrieben. Sie hatte ihre Mädelsabende und war mit ihren Freundinnen manchmal für ein paar Tage weg, wenn sie einen Ausflug gemacht haben. Ich hatte nichts dagegen. Aber jetzt brauche ich einfach wieder ein Weib. Ohne Frau ist sinnlos. Das macht keinen Spaß."

„Sieh dich doch besser hier in Deutschland um!"

„Auf keinen Fall. Habe ich dir doch gesagt. Die Schallmauer, das Alter betreffend, liegt bei den Dating-Foren bei 69. Ich bin 19 Jahre drüber. Das ist hoffnungslos."

„Und was ist mit Polen?" schlug ich vor. „Das ist erheblich näher."

„Kenn ich nicht und will ich nicht. Du solltest beim Schach lieber auf deine Dame aufpassen, statt mir dumme Ratschläge zu geben."

Petermann zog seinen Springer, gabelte Dame und König. Meine Dame war verloren. Ich gab die Partie auf.

7

„Mach dir keine Sorgen!" sagte Petermann. „Der lange Flug. Na und. Ist doch egal, wo ich sitze. Ob zu Hause auf dem Sofa und starre die Decke an. Oder im Flieger. Da werde ich wenigstens bewegt. Außerdem komm' ich von der Kälte in die Wärme. Von der Friedhofsatmosphäre in die Lebendigkeit des Seins. Von den deutschen Krisen in ein ruhigeres Fahrwasser."

Ich wusste gar nicht, dass er sich so poetisch ausdrücken konnte. Lebendigkeit des Seins. Geradezu philosophisch. Mit einem ironischen Unterton meinte ich:

„Dann pass aber auf, dass deine neue Lebendigkeit nicht zu turbulent wird. Es gibt Orkane, Zyklone, Tornados. Auch bei den Frauen."

„Na und!" sagte er wieder. „Kann man auch überleben. Ist auf jeden Fall besser, als hier rumzusitzen und auf den Tod zu warten. Oder ins Pflegeheim abgeschoben zu werden. In die vorletzte Station, bevor alles vorbei ist."

Und dann wurde er wirklich philosophisch und schob die Frage nach: „Was hältst du eigentlich von der

Vergänglichkeit? Wie kommst du damit klar?"

Ich hob die Schulter. „Weiß ich nicht. Ich verdränge es wahrscheinlich. Ich kann diese Frage nicht beantworten. Ich habe doch selbst keine Ahnung, woher wir kommen, wohin wir gehen. Kann das überhaupt jemand? Das Leben ein Traum, der beginnt und dann endet? Ich denke, die meisten Menschen verdrängen solche Fragen, lenken sich ab mit Routine, mit Belustigungen, mit Berieselung durch den Fernseher oder was weiß ich. Oder sie jagen hinter dem Profit her. Immer mehr, immer mehr. Irgendwann merken sie vielleicht, dass sie nichts mitnehmen können. Kein Haus passt in einen Sarg. Du willst dich wahrscheinlich ablenken mit Frauen."

„Habe ich eine Alternative?" meinte er. „Ich kann hier nicht alleine rumsitzen. Eine Frau macht einem das Leben angenehm."

„Mag sein. Aber auch das Gegenteil ist der Fall. Stell dir vor, du kommst enttäuscht zurück. Was dann?"

„Weiß ich doch jetzt noch nicht. Ohne Risiko geht gar nichts. Wer nichts wagt, kann auch nichts gewinnen. Alte Bauernregel."

Aber dann muss man doch nicht gleich so auf den Putz hauen. Sieben Frauen auf einem anderen Kontinent, mit anderer Kultur. Du übernimmst dich."

„Ach was! Soll ich hier suchen? Das Thema ist doch durch. Ich war heute Morgen beim Aldi. Der Whisky war alle. Ist dir schon mal aufgefallen, wie die Frauen hier rumlaufen? Die meisten in grauer oder schwarzer Männerkleidung. Dazu mit militärischer Kurzhaarfrisur. Feminines Aussehen? Fehlanzeige. Von den Kolumbianerinnen und den Brasilianerinnen habe ich kein einziges Foto gesehen, auf dem sie eine Hose tragen. Schöne, lange bunte Kleider. Die Frauen hierzulande streben dem Mann nach, Polarität verschwindet. Es gibt natürlich auch Ausnahmen. Aber die sind dünn gesät. Die siehst du in der Regel nur im Fernsehen. Unerreichbar für mich. Die sind nur zum Gucken da. Aber ich will auch fühlen."

Ich hatte Petermann noch nie gefragt: „Was hast du früher eigentlich beruflich gemacht?" Ich hatte das, einer überflüssigen Diskretion folgend, ausgespart. Jetzt schienen mir seine Antworten und Kommentare nicht unintelligent.

Ich fragte ihn: „Was hast du vor deinem Ruhestand eigentlich beruflich gemacht? Lass mich raten. Lehrer nicht. Dazu bist du zu unternehmenslustig. Philosophie-professor? Auch nicht. Dazu hast du zu wenig Bücher im Wohnzimmer. Finanzbeamter? Auf keinen Fall."

„Lokomotivführer. Früher, als die deutsche Bahn noch pünktlich war. Na ja, da kommst du auf solche Gedanken, wenn du immer gerade Schienen entlangfährst und nicht nach links oder rechts abbiegen kannst. Bei gleichzeitiger Aufmerksamkeit hast du Zeit zum Nachdenken."

Bist du deiner Frau treu geblieben?"

„Ja. Ich hatte keinen Grund, sie zu verletzen. Ich wollte die Harmonie nicht aufs Spiel setzen. Gelegenheiten hätte es genug gegeben. Gerade bei den längeren Fahrten. Nach München, Berlin oder Hamburg zum Beispiel. Wenn die ganze Mannschaft in einem Hotel übernachten muss. Du kannst ja nicht direkt wieder zurückfahren. Da waren durchaus flotte Frauen dabei. Köchinnen, Zugbe-gleiterinnen, Kellnerinnen des Speisewagens. Aber du weißt ja nie, wie sich solch eine Affäre entwickeln kann. Auf einmal stehen die bei dir vor der Tür und haben Ansprüche. Was für ein Theater. Nein, nein, dazu war ich auch zu bequem. Aber jetzt kann ich eben machen, was ich will. Wen kümmert es?"

„Reichlich spät, mein Lieber. Mit 88. Du erstaunst mich."

8

„Ach", sagte er. „Du bist ja auch immerhin schon 72. Wie ist das denn bei dir so gelaufen. Ich meine mit den Frauen. Du bist doch bestimmt auch kein Waisenknabe oder Mönchsanwärter."

„Na ja", gab ich zu. „Einiges habe ich schon erlebt. Aber es war immer heimisch."

„Dann pack doch mal aus! Ich habe dir schließlich auch von meinem bevorstehenden Abenteuer erzählt."

„Nichts Besonderes. Das Übliche. Mal eine Affäre, mal was Längeres. Ich war zuerst Lehrer an einem Abendgymnasium. Da sind die Frauen schon erwachsen. Verboten ist es trotzdem. Wegen der

Abhängigkeit. Hast du da eine Affäre, bist du natürlich in Versuchung bei der Zensur für die Klausur der Liebsten besonders nachsichtig zu sein. Du willst sie ja nicht verärgern, sondern erhalten. Ein Dilemma. Hat mich aber nie gekümmert. Die Versuchung war stärker. Was willst du da machen, wenn eine Schülerin abends bei dir klingelt, ihr schönstes Kleid angezogen hat, nach ‚La Vie e belle' duftet und dir ins Ohr flüstert: ‚Wenn ich Sie sehe, bekomme ich immer ein feuchtes Höschen.' Da hast du kaum Zeit ins Bett zu steigen. Da geht es schon hinter der Flurtür auf dem Teppich los. Na ja, ich habe nichts anbrennen lassen. Aber jetzt mit 72 bin ich etwas ruhiger geworden. Das Sechstagerennen der Hormone ist vorbei."

„Ja, merke ich", meinte er. „Jetzt hast du nur noch pastorale Ratschläge."

„So pastoral sind die nicht. Eher medizinisch. Wegen der ganzen Strapazen, die du auf dich nehmen willst. Aber bitte, jeder ist seines Glückes Schmied oder der Freund seines Unglücks. Ich hoffe nur, du kommst heil aus der Nummer raus. Nach welchen Kriterien willst du dich eigentlich entscheiden, falls alle Sieben zugänglich sind?"

„Weiß ich doch jetzt noch nicht. Man muss sich erst begegnen, miteinander reden, sich wenigstens ein wenig kennenlernen. Das ist auch Bauchgefühl. Ich bin kein Finanzbeamter. Ich bin für alles offen, stelle keine Bedingungen. Etwa: Sie muss blonde, schwarze oder braune Haare haben. Die Hautfarbe ist mir sowieso egal. Von pechschwarz über Milchkaffeebraun bis hellhäutig. Und ob schlank, athletisch oder korpulent ist mir auch gleichgültig. Die Hauptsache, man versteht sich. Ich erwarte keinen Liebesknall, ein Getümmel von Schmetterlingen im Bauch. Wenn sie gemütlich ist, reicht das schon. Bloß keine überzogenen Ansprüche! Sie sollte tolerant sein, mich rauchen und trinken lassen, ertragen, dass ich angezogen ins Bett steige, weil ich zu bequem bin, mich morgens anzuziehen. Veganerinnen scheiden schon mal aus. Die liegen einem immer mit Gesundheitstipps in den Ohren und sind strikt gegen Rauchen und Trinken. Das wird mit der Zeit sehr anstrengend. Ebenso, wenn sie hyperaktiv ist, von einem Ort zum anderen will. Aber den Verdacht habe ich bei meinen Auserwählten nicht."

„Kannst du dir überhaupt die Namen merken", bemerkte ich süffisant. „Im Alter nimmt die Merkfähigkeit ab. Von Demenz will ich noch nicht reden."

„Ich habe mir die Profile aufs Smartphone übertragen, mit Foto. Da geht nichts schief."

„Also auch technisch versiert."

„Da kommst du doch heutzutage nicht mehr dran vorbei. Sonst stehst du im Abseits, bist gesellschaftlich ausge-klammert. Wie sagt man so schön: ‚Wer sich mit dem Teufel abgibt, muss tanzen können.' Oder so ähnlich. Ich möchte nicht wissen, wie viele ältere Menschen hilflos geworden sind, weil sie sich mit diesem Internetzeug nicht auskennen. Die Digitalisierung ist meiner Meinung nach eine Katastrophe. Man wird in die Unpersönlichkeit getrieben. Und immer wieder Änderungen, Updates, neue Modelle, neues Suchen, beim Schreiben zwingen sie dir einen Copiloten auf, preisen die KI als das achte Weltwunder. Alles Blödsinn. Hat das Internet uns zufriedener, glücklicher gemacht? Nein. Soviel zu meiner technischen Versiertheit. Sie ist aus der Not entstanden. Früher war es persönlicher und gemütlicher. Heute sprechen alle von einer besseren Kommunikation. Was für ein Blödsinn. Das Gegenteil ist der Fall. Fahr mal mit Bus oder Bahn. Die stieren alle auf ihr Smartphone und sind am Tippen. Na ja, kann mir egal sein. Die Hauptsache, meine Damen fummeln nicht immer an so einem Ding rum. Es gibt schönere Sachen zum Anfassen."

9

Am 8. Februar, einem Samstag, fuhr ich ihn zum Andernacher Bahnhof. „So reise in Frieden und mit Glück", sagte ich zu ihm, als wir uns verabschiedeten. „Und hast du kein Glück, bring wenigstens ein paar schöne Geschichten mit. Dann habe ich auch etwas von deiner Reise."

„Mach ich." Er schüttelte mir kräftig die Hand, als wir uns auf dem Bahnsteig verabschiedeten. Der Händedruck war ganz anders als noch zu seiner apathischen Zeit. Der Regionalexpress kam. Er stieg ein, die Tür schloss sich. Er winkte mir noch einmal hinter dem Fenster zu, dann fuhr der Zug ab. Ich sah ihm eine Weile nach, wusste auf einmal selbst nicht mehr, ob ich Petermann beneiden sollte. Zurück im Wagen schaltete ich das Radio an. Da kam ausgerechnet dieser Song. Coldplay, Paradise. „Er träumte vom Paradies, immer wenn er seine Augen schloss. Die Realität tötet den Schmetterling. Jede Träne ein Wasserfall."

Na, hoffentlich nicht, dachte ich. Ich will ihn wohlbehalten wiedersehen. Wie immer fuhr ich an diesem Samstag zu Angelika. Sie ist 68, will nicht in Rente gehen, betreibt immer noch ihre Praxis als Psychologin. Sie ist durchaus eine passable Partie. Groß, schlank und immer noch hübsch. Ich kann mich nicht beklagen. Außer, dass sie gerne diskutiert und alles Mögliche ergründen will. Irgendwie war an diesem Samstag die Stimmung anders. Bei mir oder bei ihr? Ich weiß es nicht. Angelika bemerkte das auch.

„Ist was mit dir?" fragte sie. „Irgendwie bis du heute anders."

„Nicht, dass ich wüsste. Mir geht es wie immer."

Ich hatte ihr am Telefon von Petermann erzählt. Dass er auf Frauensuche war, habe ich verschwiegen, nur gesagt: „Der will sich die Copacabana angucken und den Zuckerhut. Und dann weiter nach

Kolumbien. Du meine Güte! Der ist doch schon 88!"

An diesem Samstag fragte sie mich feinfühlig: „Du würdest gerne mitfliegen?"

„Nein. So lange im Flieger!? Was soll ich an der Copacabana? Den Zuckerhut kann ich mir im Internet ansehen. Ist eh nur ein Felskegel wie viele andere auch."

Ein skeptischer Blick traf mich, und ich spürte den Anflug eines schlechten Gewissens. Die Fotos, die mir Petermann gezeigt hatte, waren noch lebhaft in mir. Aber ansonsten war das Wochenende normal. Angelika bereitete Rouladen zu mit Rotkohl und Spätzle. Ich sah mir die Sportschau an und am Abend mit ihr gemeinsam einen Film, dessen Titel ich allerdings am nächsten Tag vergessen hatte. Ich öffnete gegen Mitternacht noch eine Flasche Wein, grauen Burgunder, rauchte auf dem Balkon in einer Scheißkälte die letzte Zigarette des Tages und dann ging es ab ins Bett, wo nicht mehr viel passierte. Wir kannten uns schon.

10

Der Sonntag war nicht besonders erfreulich. Immer wieder bohrte Angelika mit Fragen nach. „Irgendetwas ist doch mit dir. Du bist anders als sonst, wirkst so reserviert. Was geht in deinem Kopf vor? Geht es dir nicht gut?"

„Alles okay!" versuchte ich sie zu beruhigen. „Ich denke nur an mein neues Projekt. Da bin ich immer ein bisschen im Tunnel."

„Was ist es denn?"

„Wieder ein Sachbuch. ‚Die Geschichte der Amazonen' oder so ähnlich. Das ist nur der Arbeitstitel."

„Wie kommst du denn darauf?"

„Ich habe mich schon immer für Historisches interessiert."

„Aber ausgerechnet Amazonen!?"

„Sie sollen sehr schön und wild gewesen sein. Zum Verlieben schön. Sogar den Herkules hat es erwischt."

„So? Und das gefällt dir?"

„Es geht nicht um Gefallen, sondern um historisches Interesse."

„Aber Interesse hat man doch nur, wenn einem etwas gefällt."

„Na ja, es hat auch etwas Geheimnisvolles. Ich könnte natürlich auch über Karl den Großen schreiben. Aber der langweilt mich. Und Maria Stuart ist vergeben. Das hat der Schiller schon gemacht."

Angelika schüttelte den Kopf. „Seltsames Thema. Wo haben diese Amazonen denn gelebt?"

„Weiß ich noch nicht. Ich bin ja mitten in der Recherche. Ich denke aber: am Amazonas. Liegt doch vom Namen her nahe."

„Du bist schon manchmal ein komischer Kauz. Da kann ich ja froh sein, dass es die schönen Amazonen nicht mehr gibt. Sonst würdest du wahrscheinlich Feldforschung machen."

„Auf keinen Fall. Ich bin ein heimatlicher Typ. Meine weiteste Reise war nach Holland. Der Amazonas ist doch viel zu entfernt. Außerdem wüsste ich nicht, wo ich anfangen sollte. Der fließt ja durch neun Länder. Das größte ist Brasilien."

„Woher weißt du denn sowas?"

„Es gibt Google Maps. Außerdem habe ich noch einen alten Atlas. Aber rein theoretisch, anfangen würde ich in

Kolumbien und in Brasilien. Da sollen die Schönsten und Wildesten gelebt haben. Aber wie gesagt, rein theoretisch. Jetzt sind wir ja alle zivilisiert."

„Sag mal, spinnst du nicht ein bisschen rum? Erst erzählst du mir, dass sich der Herkules in eine Amazone verliebt hat. Und dann bist du auf einmal in Südamerika. So weit ich weiß, war der Herkules in Griechenland."

„Ja", gab ich zu. „Ich bin doch erst am Anfang mit dem Thema."

11

An den Tagen danach kam ich nicht so richtig zum Arbeiten. Mir fiel nichts ein, war in Gedanken bei Petermann. Wie froh war ich, als am Donnerstag eine Email von ihm eintraf. Mit Fotoanhang. ‚Das ist Hilda, 25, aus Florianopolis' stand darunter. Er hatte sie am Strand fotografiert, mit dem Meer und dem blauen Himmel als Hintergrund. Und dann gab er einen ausführlichen Bericht.

„Lieber Freund, ist sie nicht süß?! Ich konnte der Versuchung nicht widerstehen, bin von Rio nach Florianopolis geflogen, habe ein Zimmer in der ‚Casa da Marilú' gemietet. Preiswert und liegt direkt am Strand. Es ist wunderbar warm hier. 30 Grad. Dann habe ich mich mit Hilda über die Dating-Plattform in Verbindung gesetzt. Sie suchte einen Mann zwischen 60 und 99. Von 99 bin ich ja noch weit entfernt. Wir haben Telefonnummern ausgetauscht, und dann ist sie gekommen. Natürlich weiß ich, dass sie als Studentin Geld braucht. Wir reden nicht darüber, und ich bin mir nicht ganz sicher, ob sie mich nicht doch mag. Ich bin nicht unbedingt nur der Sugardaddy. Wir gehen höflich, freundlich und respektvoll miteinander um. Liegen wir am Strand, denken die anderen Badegäste natürlich, dass ich ihr Opa bin. Sollen sie ruhig. Selbstverständlich trage ich die ganzen Unkosten und werde ihr auch etwas Taschengeld geben. Ich fühle mich um dreißig Jahre jünger. Die Nächte sind wild und zärtlich zugleich. Die Verständigung klappt mit dem Translator ziemlich gut. Sie spricht Englisch und ich habe ein paar Brocken Portugiesisch behalten. Abends gehen wir immer in ein Restaurant. Hier im Haus gibt es ein Frühstücksbuffet und am Strand ein Kiosk, wo man kleinere Snacks und Getränke kaufen kann. Meinen Whisky gibt es in einem nahen Supermercado. Liegen wir am Strand, kommen alle möglichen Händler vorbei. Ich habe Hilda ein wunderschönes, langes türkisfarbenes Kleid gekauft. Sie sieht wunderbar darin aus. Sie zieht es abends an. Gehen wir dann zu unserem Restaurant, drehen sich alle bewundernd nach uns um und denken wahrscheinlich: ein glücklicher Opa. Geht mit seiner schönen Enkelin spazieren. Da ich mich verjüngt habe, könnten sie auch denken, wir wären Vater und Tochter. Ich wundere mich, dass ich kein schlechtes Gewissen habe. Hilda will es so und ich auch. Irgendwie merken wir den Altersunterschied nicht mehr. Hilda sagt: ‚Das Alter spielt doch keine Rolle. Sie lobt mich. ‚You are very nice.'

Ich werde mit ihr zwei Wochen hier verbringen. Dann zurück nach Rio und erst einmal ausruhen. Ich bin ja nicht mehr der Jüngste. Hilda möchte mit nach Rio. Aber das geht nicht. Ich treffe mich dort mit Kiara. Sie ist 63, bildhübsch, Superfigur. Sie sucht einen Mann zwischen 60 und 75. Ich hatte als mein Alter ja 72 angegeben. Ich hoffe, sie merkt nichts. Bin jetzt braungebrannt und nehme auch weiter Peeling- und Antifaltencremes. Ich mache Morgen ein Bildschirmfoto von ihrem Profil. Mit Foto natürlich. Du wirst staunen. Die Telefonnummern haben wir schon ausgetauscht, als ich noch in Deutschland war. So, das sei es für heute. Mach es gut und frier nicht zu viel. Dein Hans Petermann."

12

Wicked Game, dachte ich. Abgefahrenes Spiel, was er da treibt. Aber offensichtlich ging es ihm gut. Und warum sollte es ihm nicht gutgehen!? Wer könnte was dagegen haben? War ich selbst nicht neidisch? Da rate ich ihm von seiner Reise vehement ab und möchte es eigentlich selbst tun. War es wirklich so? Ich wusste es nicht mehr. Auf jeden Fall ließen mich die Bilder von den schönen Frauen nicht mehr los. Sehnte ich mich nicht insgeheim danach, noch einmal in solchen Armen zu liegen? Ich versuchte es zu verdrängen. Aber die Bilder kamen immer wieder zurück. Wie Tennisbälle, die man gegen eine Wand schlägt. Je heftiger man das macht, desto heftiger springen sie einem entgegen. Ich war unruhig, zappte mich durch die Fernsehkanäle, fand nichts, was mich ablenkte. Wenn ich Musik hörte, wandte ich mich auf einmal dem Reggae zu. Der gefiel mir mit seinem einladenden, zum Tanzen auffordernden Rhythmus. Einige der Songs, die ich besonders mochte, lud ich mir von ‚amazon music‘ herunter, hörte sie immer wieder. Zum Beispiel ‚Bad Boys‘, ‚Smoking Love‘ und ‚Weight of Sound‘. Ich überlegte, rein theoretisch natürlich, was wäre, wenn ich auch solch eine Tour machen würde. Angelika gefiele das natürlich nicht. Aber waren mir die Wochenenden nicht zu wenig? Eigentlich wollte auch ich wie Petermann immer eine Frau an der Seite haben. Gegenüber ihm hätte ich den Vorteil, 16 Jahre jünger zu sein. Wenn Petermann solche Chancen hatte, wie dann ich erst mal. Drei Tage kämpfte ich mit der Versuchung. Dann trat ich ‚Diamond Dating‘ bei. 39 Euro im Monat war okay. Zwei Länder waren mir indes zu viel. Ich entschied mich für Brasilien, setzte mein schönstes Foto ein. Sicher, ich schummelte dabei ein wenig. Das Porträt war schon fünf Jahre alt. Und auch bei der Altersangabe war ich nicht ganz korrekt. 69. Was machten schon drei Jahre? Die Hauptsache, ich lag unter der Siebziger-Grenze und hatte eine Riesenauswahl. Bei dem Profiltext blieb ich bei Größe, Augenfarbe, Figur ehrlich. Bei den Sprachkenntnissen gab ich an: Englisch fließend und Portugiesisch ein wenig. Umgehend bestellte ich mir bei ‚amazon‘ das Buch ‚Einstieg brasilianisch – für Kurzentschlossene‘. Zwei CDs waren dabei, so dass ich mit der Aussprache vertraut werden konnte. Meine Angabe ‚Portugiesisch ein wenig‘ würde bald stimmen. Als Motto für das Profil suchte ich mir einen Spruch des ehemaligen Papstes Karol Wojtyla aus. ‚Von Herz zu Herz ist ein Intervall, das man langsam betritt.‘ Was ich suche? Ich klickte Langzeitbeziehung an. Ob ich bereit wäre, in ein anderes Land umzuziehen? Ja, natürlich. Deutschland ist ein Pulverfass, auf einem absteigenden Ast. Brasilien dagegen eine aufstrebende Weltmacht. Vom Wetter, vom Klima will ich erst gar nicht reden. Und die Menschen dort, so hatte ich gelesen, zeichnen sich durch eine besondere Toleranz, Freundlichkeit, ja

Herzlichkeit aus. Als Hobbies gab ich an: Literatur, Schach, Restaurantbesuche (was nicht unbedingt stimmt) und Reisen. Was auch nicht stimmt, aber noch kommen kann. Trinkgewohnheiten: Manchmal. Rauchen: Gelegentlich. Das Profil hatte ich am späten Abend geschaltet. Um 22 Uhr. Da war es in Brasilien 18 Uhr. Ich legte mich schlafen, starrte eine Zeit lang an die Decke, schlief endlich. Am Morgen stand ich früh auf, war gespannt, ob sich jemand für mich interessiert hatte. Mit einem ‚Like', einem Herzchen oder gar mit einer Nachricht.

13

Ich hatte unruhig geschlafen, wirres Zeug geträumt, an das ich mich am Morgen beim Aufwachen nicht mehr erinnerte. Ich stand auf, machte mir einen Kaffee, rauchte dazu eine Zigarette. Der Kölner nennt das respektlos ‚Zuhälterfrühstück'. Dann fuhr ich den Computer hoch, loggte mich bei ‚Diamond Dating' ein, klickte auf ‚Posteingang', war gespannt, ob sich jemand gemeldet hatte. „Olala", sagte ich. 12 Nachrichten, acht

Likes, bei vier Damen war ich als Favorit vorgemerkt. Macht 24 Interessentinnen. Ich begann mit dem Lesen der Nachrichten. Manche Frauen schrieben nur kurz: „Olá, como vai?" – Hallo, wie geht es dir? Andere waren etwas ausführlicher. Zum Beispiel: „Olá, quero te conhecer. Ficarei feliz se entrarmos em contato." - Hallo, ich will dich kennenlernen. Freue mich, wenn wir in Kontakt kommen.

Um das brasilianische Portugiesisch zu übersetzen, bediente ich mich des Übersetzers von Google. Ich ging die Profile durch, sah mir die Fotos an. Die meisten Frauen waren zwischen 50 und 60. Es waren sehr ansprechende Porträts. Bei einem Foto stieß ich einen überraschten Pfiff zwischen den Lippen aus. Das Bild kannte ich. Petermann hatte es mir gezeigt. Es war Kiara aus Rio, 63 Jahre alt, bildhübsch. Es war eine Aufnahme am Strand. Sie im Bikini. Sie hatte geschrieben: „Dein Motto gefällt mir. Auch das Foto und das Profil. Melde dich bitte."

Ich fragte mich: Wie kommt es, dass so ein Supermodel einen Mann in einem Datingforum sucht? Sie müsste sich doch vor Anträgen jüngerer Männer als ich es bin, nicht retten können. Im Profil hatte sie angegeben: ‚Möchte nach Deutschland umziehen.‘ Vielleicht lag es daran. Sie suchte einen Mann zwischen 60 und 75. Schön war, dass sie fließend Englisch sprach. Also würde es beim Telefonieren kein Problem geben. Ich schrieb sofort zurück, auf Englisch. „Ihr Profil gefällt mir sehr. Würde mich freuen, wenn wir in Kontakt blieben. Am besten auch über WhatsApp. Einverstanden? Hier meine Telefonnummer. Herzliche Grüße, Ernst Zimmermann.

Ich überlegte fieberhaft. Was hatte Petermann geschrieben? Ja, bleibe zwei Wochen mit Hilda in Florianopolis. Dann fliege ich nach Rio, um zunächst Kiara zu treffen. Zwei Wochen. Davon waren schon ein paar Tage vergangen. Blieben vielleicht noch zehn oder auch ein oder zwei Tage mehr. Immer wieder betrachtete ich das Foto, fühlte den ersten Schmetterling. Was wäre, wenn ich so bald wie möglich fliegen würde, noch vor Petermann in Rio ankäme und mich mit ihr träfe? Wäre Petermann gekränkt? Aber er hat ja noch sechs andere. Kiara ist doch viel zu jung für ihn.

Bei fluege.de suchte ich nach einem Flug von Frankfurt nach Rio. Latam, die brasilianische Linie, war am preiswertesten. Jetzt musste ich nur noch Kiaras Antwort abwarten oder den Anruf.

„Zimmermann, du bist verrückt!" sagte ich zu mir selbst. Was hatte Petermann gesagt, als er die Bremer Stadtmusikanten zitierte? „Was Besseres als den Tod finden wir allemale."

Ich loggte mich noch bei meiner Bank ein. Der Kontostand war in Ordnung. Ich würde mir dieses Abenteuer leisten können. Aber was sage ich Angelika? Muss ich überhaupt etwas sagen? Am besten sage ich gar nichts, bin einfach weg.

14

Ich überlegte: Ist es moralisch, ethisch zu vertreten, dass ich so einfach weg bin. Ja und Nein.

Ja. Ich hatte Angelika vor einem Jahr einen Heiratsantrag gemacht. Weil ich, wie gesagt, eine Frau gerne rund um die Uhr an meiner Seite hätte. Sicher, ist übertrieben, stimmt aber im Prinzip. Sie hat den Kopf geschüttelt, gesagt: „Ist mir zu eng. Ich brauche Freiraum. Das Wochenende reicht doch." Mir aber nicht, hatte ich gedacht, aber nicht gesagt. Also könnte ich mir das Recht nehmen, anderswo zu suchen. Das wäre moralisch in Ordnung. Oder?

Nein. Man darf nicht so einfach verschwinden. Wenigstens sollte man Bescheid sagen. Aber was denn? „Ich fliege nach Rio, möchte da eine andere Frau kennenlernen. Die Zeit mit dir ist mir zu wenig. Dann wäre es aus mit der Beziehung. Und ob das mit Kiara klappt, steht in den Sternen. Völlig ungewiss. Dann stünde ich am Ende mit leeren Händen da.

Zu einer Ausrede greifen, zu einer Notlüge? Zum Beispiel: „Ich habe eine Lesung in Hamburg." Aber dann müsste ich am nächsten Tag wieder da sein. Oder eine andere Ausrede: „Nachts hat eine Stimme zu mir gesprochen: ‚Geh unverzüglich auf den Jakobsweg. Nimm kein Handy mit. Löse dich von diesem diabolischen Gerät! Geh in größter Einfachheit!' Oder: „Ich halte das Wetter hier nicht mehr aus. Ich friere immer. Ich fliege nach Teneriffa." Dann bestünde allerdings die Gefahr, dass sie überraschend sagt: „Ich komme mit für eine Woche. Da kann die Praxis geschlossen bleiben."

Schließlich schüttelte ich den Kopf. Alles Krampf! Ich fliege einfach. Und wenn sie mich anruft, sage ich: „Ich bin in Rio." Von Petermanns Projekt hatte ich ihr leider erzählt. „Ach", wird sie sagen, „du machst das jetzt auch?"

„Ich will ihm nur helfen", würde ich sagen. „Der kommt doch mit seinen 88 Jahren gar nicht mehr zurecht."

So hätte ich wenigstens die Wahrheit gesagt. Denn dann wäre Petermann entlastet, hätte nicht mehr sieben anstrengende Treffen, sondern nur noch sechs. Aber zunächst musste ich abwarten, ob Kiara antworten würde.

Noch am selben Abend rief sie an. Ich hatte gerade begonnen, die Tagesschau zu sehen. In Rio war es Nachmittag. Vier Uhr. Sie sprach fließend Englisch.

„Dein Motto hat mir gefallen", sagte sie. „So können wir das machen. Langsam von Herz zu Herz. Vielleicht aber auch etwas schneller. Kannst du nach Rio kommen?"

„Ja, kann ich."

„Wann?"

„Ich buche sofort einen Flug und ein Hotel."

Sie lachte. „Du bist aber fix."

„Ich will nicht lange hin und her überlegen. Das bringt nichts."

Wir redeten etwa zehn Minuten miteinander. WhatsApp ist kostenlos. Sie wollte alles Mögliche wissen. Zuerst, ob ich alleine lebe. „Ja, ja, habe ich im Profil auch so angegeben." Ob ich nicht trotzdem eine Freundin hätte, interessierte sie nicht. In diesem Punkt blieb mir eine Lüge oder Ausrede erspart. Dann fragte sie auch nach dem Beruflichen. „Ruhestand", sagte ich. „Du bekommst also Rente?" – „Ja, reicht gut zum Leben." Das war im Grunde eine Frage nach meinen finanziellen Verhältnissen und gab mir einen kleinen Dämpfer. Na gut, warum soll sie das nicht fragen? Ist ja auch wichtig. Schließlich will sie nicht neben einem mittellosen Mann einherlaufen. „Und du?" fragte ich. „Du arbeitest noch?" – „Nein, ich bin Witwe, bekomme eine schöne Rente." Der Rest des Gesprächs war Small Talk. Sie lobte die Sonne und die Schönheit Rios. Ich beklagte mich über das miese Wetter in Deutschland. Der Schluss der Unterhaltung war recht angenehm. Sie hauchte einen Kuss ins Telefon und sagte: „Ich freue mich auf dich."

15

Ja, das ging alles recht schnell, überraschend schnell. Aber wozu soll man sich lange Zeit Mails hin und her schreiben!? Dann versandet die Geschichte. Kiara und ich waren rasch entschlossen. Aber betroffen war eher ich. Ich musste fliegen. Sie konnte in Rio bequem warten. Am späten Abend traf auch eine Mail von Petermann ein. Er schrieb:

„Bin noch zehn Tage in Florianopolis. Vielleicht verlängere ich aber auch. Alles friedlich und schön. Hilda ist sehr lieb zu mir. Wie ist das Wetter bei dir? Haha, sorry. Mein nächstes Treffen ist dann in Rio mit Kiara. Ich habe ein Bildschirmfoto von ihrem Profil gemacht und schicke es dir im Anhang. Die Frau ist eine Sensation. Machs gut und pass auf dich auf. Dein Freund Hans Petermann, dem es endlich wieder gut geht. Sehr gut."

Seltsamerweise verspürte ich jetzt kein schlechtes Gewissen gegenüber Petermann. Ich nahm es sportlich. Wer ist zuerst da? Den Flug hatte ich sofort nach dem Gespräch mit Kiara gebucht. Am 17. Februar, einem Montag, 20.50 mit Latam ab Frankfurt. Zwischenlandung in São Paulo. Gebucht hatte ich in Rio ein Zimmer im B&B-Hotel an der Copacabana.

Ich hatte vorgehabt, alles was Petermann erlebt, mir erzählen zu lassen und aufzuschreiben. Einen Titel hatte ich mir schon überlegt. ‚Petermanns Reise'. Jetzt waren es zwei Reisen. Meine eigene war dazugekommen. Petermann hatte den Anstoß gegeben. Er trifft sieben Frauen, jetzt wahrscheinlich nur noch sechs. Ich dagegen eine. Ich bleibe also bei dem ursprünglichen Titel.

Für mein Unternehmen hatte ich auch noch einen anderen Grund. Es ging nicht nur darum, eine Frau zu finden. Ich fühlte mich zunehmend unwohl in Deutschland. Das Land befand sich im Sinkflug, und nach der Münchener Sicherheitskonferenz – sie war genau das Gegenteil von Sicherheit – trug ich mich mit dem Gedanken auszuwandern. Europa und besonders Deutschland schien mir auf einen Krieg zuzusteuern. Die täglichen Warnungen und Prophezeiungen gingen mir auf den Geist. ‚Russland rüstet sich für einen möglichen Natoangriff'. So zum Beispiel der deutsche Generalmajor, der Koordinator für die militärische

Unterstützung der Ukraine war. Entgegen den Ratschlägen früherer Kanzler versuchten die Europäer und insbesondere die Deutschen, Russland mit Natostaaten zu umzingeln. Jetzt waren die Amerikaner ausgestiegen, der stärkste Verbündete fehlte, aber Europa beharrte trotzig auf seinem Kurs. Die deutsche Außenministerin sprach sogar davon, Russland ruinieren zu wollen. Das war die Sprache einer kriegerischen Amazone. Nicht die einer Diplomatin. Welche Ignoranz und Überheblichkeit war der Regierung zu eigen! Ruiniert hatten sie sich mit ihren Sanktionen wirtschaftlich selbst. Mir taten die Achtzehnjährigen leid, die zum Militär einberufen wurden und vielleicht ihr Leben an der russisch-ukrainischen Grenze lassen würden. Ein Himmelfahrtskommando. Wegen der Ignoranz und Dummheit deutscher Politiker. Statt den Dialog suchten sie die Konfrontation. Besonders die Grünen hatten sich von Naturschützern zu Militaristen entwickelt. Also auswandern. Am besten dahin, wo ich auch eine Frau an der Seite hatte. Angelika sah die politische Entwicklung nicht. Die konnte als Psychologin besser die Probleme einzelner Menschen lösen.

Meine allerdings nicht. Auswandern, aber wohin? Da war mir Petermann gerade recht gekommen.

16

Natürlich bin ich mir bewusst, dass nicht gleich das erste Treffen gelingen muss. Aber ich nehme mein Notebook mit nach Rio. Sollte es mit Kiara nicht klappen, suche ich bei ‚Diamond-Dating' weiter und bin direkt vor Ort. Ich werde auch nicht im Hotel hocken bleiben, sondern ausgehen. Wer weiß, was da passiert!? Und passiert erst einmal gar nichts, habe ich wenigstens Sonne und Wärme. Und der Caipirinha soll auch gut schmecken. Also, was soll's!

Von Brasilien weiß ich allerdings noch recht wenig. Aber neben dem Sprachkurs habe ich mir bei ‚amazon' auch einen Reiseführer bestellt. Die Brasilianer sind sehr freundlich, herzlich, lebenslustig. Da gibt es keine Friedhofsatmosphäre. Sobald ich im Flieger sitze, bin ich aus dem deutschen Kühlschrank gesprungen. Und mit dem ganzen europäisch-russischen Schlamassel haben die nichts zu tun, halten sich mit ihrem Präsidenten klug raus. Der hatte sich auch geweigert, nach Deutschland Munition für die Ukraine zu schicken. Drei Monate darf ich zunächst bleiben. Das ist Zeit genug. Die Dreimonatsregel habe ich den Europäern zu verdanken. Die haben das zuerst eingeführt. Die Brasilianer dann vielleicht aus Revanchegründen auch. Also, drei Monate darf man bleiben, dann darf man erst nach drei Monaten wiederkommen. Wo bleibt man inzwischen? Aber da mache ich mir jetzt noch keine Gedanken drüber. Ich könnte Petermann in Rio treffen und dann fliegen wir gemeinsam nach Kolumbien. Da muss man zwar auch nach drei Monaten das Land verlassen, darf aber sofort wiederkommen. Ein kurzer Flug nach Ecuador oder Venezuela und wieder zurück. Mal sehen. Das Abenteuer kribbelt, macht aber zugleich nervös. Hätte ich so etwas nur früher gemacht. Da waren die Nerven noch stärker. Mit 72 lassen sie nach. Früher waren sie al dente, jetzt sind sie butterweich. Aber habe ich eine andere Wahl? Ich denke, ‚Nein'. In Andernach Däumchen drehen und sich all die Krisen anhören? Auf keinen Fall.

Bevor ich in den Flieger steige, telefoniere ich noch einmal mit Kiara, teile ihr meine Ankunft mit. Sie wird mich in Rio am Flughafen abholen. Sie soll am Ausgang warten und sich ein Schild mit meinem Namen vor die Brust halten. Dann finden wir uns. Auf die Fotos ist nicht unbedingt Verlass. Im Duty-Free mache ich es Petermann nach und nehme eine Flasche Whisky mit an Bord. So werde ich die Nacht über dem Atlantik überstehen und ab und zu gewiss auch schlafen können. Es ist mein erster Flug. Und dann gleich so ein langer. Nach Holland bin ich immer mit dem Auto gefahren.

Ich sitze in der Mitte des Airbus von Latam. Fensterplatz. Die Maschine rollt zum Start. Draußen ist es dunkel. Die Lichter der Startbahn leuchten wie eine Sternenstraße. Die Turbinen heulen auf. Schub, Beschleunigung. Der Flieger hebt ab, steigt, geht in eine Linkskurve. Die beleuchteten Häuser unten werden kleiner. Ich schraube den Verschluss der Flasche auf, nehme einen Schluck Whisky. Die Nervosität legt sich. Jetzt ist die Reise unwiderruflich.

17

Der Flug verlief ruhig. Nur über dem Atlantik gab es ein paar kleinere Turbulenzen. Ich hatte mir mehrfach Kaffee bestellt, den ich mit Whisky verfeinerte. Darauf kehrte eine richtig gute Laune ein. Ich freute mich auf Rio und auf Kiara. Nach der Zwischenlandung in São Paulo landete der Flieger pünktlich um 8 Uhr am Morgen in Rio. Rasch kam ich durch die Passkontrolle. Am Gepäckband musste ich nicht warten. Ich hatte nur einen Rucksack, den ich an Bord mitnehmen durfte. Ich ging zum Ausgang des Flughafens, war gespannt, ob Kiara gekommen war. Als sich die Glastür öffnete, schlug mir eine angenehm warme Luft entgegen. Eine Traube von Menschen wartete. Ich sah mich suchend um. Und richtig. Nach einer Weile entdeckte ich das Schild ‚Ernesto'. Ich hatte ihr gegenüber meinen Vornamen ‚Ernst' in das besser klingende ‚Ernesto' geändert. Sie war also gekommen. Ich drängte mich durch die Menschenmenge zu ihr, dachte: Halleluja, was für ein Weib! Attraktiver noch als auf dem Profilfoto. Groß, schlank, die kastanienbraunen Haare legten sich in einer sanften Welle bis auf die Schulter. Kiara trug ein langes, taubenblaues Kleid, hatte eine Tasche über der Schulter hängen. Ich hatte für die Begrüßung schon etwas auf Portugiesisch gelernt. Als ich vor ihr stand, sagte ich: „Bom dia, mea querida. Sou eu, Ernesto." – Guten Morgen, meine Liebe. Ich bin es, Ernesto.

Sie lächelte, zeigte eine Reihe blitzweißer Zähne, umarmte mich, was nichts Besonderes zu bedeuten hat. In Brasilien macht man das meistens so. Das ist nicht so distanziert wie in Deutschland. Eine Weile hielt ich sie fest an mich gedrückt. Sie hatte nichts dagegen. Wir unterhielten uns dann weiter auf Englisch.

Ich sagte: „Ich möchte zuerst im Hotel einchecken. Dann lade ich dich zu einem Caipirinha am Strand ein. Das sind nur ein paar hundert Meter bis dahin."

„Ja, das machen wir so."

Wir stiegen in eins der gelben Taxis. Ich gab dem Fahrer die Adresse. B&B-Hotel, Copacabana. Ich saß mit Kiara auf dem Rücksitz.

„Wie lange bleibst du?" fragte sie.

„Drei Monate", antwortete ich spontan.

„Das ist gut. Dann haben wir genug Zeit, um uns kennenzulernen". Sie lächelte. „Du bist sehr ansprechend." Sie benutzte den Ausdruck ‚very appealing'.

„Danke. Und mein Alter? Du bist ein paar Jahre jünger."

„Das ist doch nicht wichtig. Ernesto. Ich wohne übrigens nicht direkt in Rio, sondern in Rio das Ostras. Das sind ungefähr 170 Kilometer von hier. Es ist ein Ort am Atlantik."

Ich überlegte. Was will sie mir damit sagen? Die Fahrkosten übernehme ich gerne. Aber so war es nicht. Sie fuhr fort: „Ich habe keine Lust, heute Abend wieder zurückzufahren und Morgen wiederzukommen. Hast du etwas dagegen, wenn ich mir in dem Hotel auch ein Zimmer nehme. Du bezahlst es bitte nicht. Das mache ich selbst." Ich war überrascht, antwortete: „Ja gerne. Das ist schön."

Sie nahm meine Hand, hielt sie während der Fahrt. Sie legte ein atemberaubendes Tempo vor. Ich war verwirrt. Musste die Sache nicht einen Haken haben?

18

Das B&B in Rio ist ein freundliches, sauberes Hotel der gehobenen Preisklasse.

Es liegt nur ein paar hundert Meter von der Copacabana entfernt. Ich hatte ein Zimmer mit Balkon gebucht, der straßenwärts lag und von dem man das lebhafte Treiben draußen beobachten konnte. Es war ein Doppelzimmer mit einem französischen, also breitem Bett. Beim Check-In an der Rezeption war ich in Versuchung, ihr zu sagen: „Spare doch dein Geld und schlafe bei mir." Aber es schien mir zu übergriffig und ich ließ es. Wir kannten uns da ja gerade mal zwanzig Minuten. Sie fragte nach einem Einzelzimmer. Kein Problem. Es gab genug. Sie legte ihren Personalausweis vor, checkte ebenfalls ein. Ich merkte mir die Zimmernummer.

„In einer Viertelstunde wieder hier in der Lounge", schlug ich vor. „Nach dem langen Flug brauche ich erst einmal eine Dusche."

Sie nickte. „Ja, lass dir Zeit. Ich muss mich auch umziehen. Ich war noch nie hier am Strand im Wasser."

Auf meinem Zimmer duschte ich, zog frische Sachen an, die zwar zerknittert im Rucksack lagen. Aber es war wohl nicht so schlimm, an der Copacabana ungebügelt herumzulaufen. Kreditkarten und Reisepass schloss ich im Safe ein. Ebenso die goldene Kette mit dem Muschelanhänger und den überwiegenden Teil des Geldes, das ich im Flughafen gewechselt hatte. Ich hatte gelesen, dass es sicherer sei, in Rio schmucklos auszugehen und nicht allzu viel Geld in der Tasche zu haben. Ob das so stimmt, weiß ich nicht. Das deutsche Auswärtige Amt übertreibt oft mit seinen Warnungen. Ich hatte 300 Euros gewechselt, dafür 1700 Reais bekommen. Der Real war die brasilianische Währung. 500 Reais steckte ich in die Hosentasche. Das musste für eine erste Einladung reichen. Ein paar Caipirinhas, danach vielleicht in eins der Restaurants. Ich hatte ein Zimmer auf der zweiten Etage. Als ich mit dem Aufzug unten in der Lounge ankam, wartete Kiara schon dort. Sie hatte immer noch das lange, taubenblaue Kleid an. Darunter steckte jetzt wohl ihr Bikini. An den Füßen trug sie statt der weißen Sandaletten bunte Havaianas. Ihre Tasche hatte sie wieder über der Schulter hängen. Die Augen waren von einer Sonnenbrille mit großen Gläsern verdeckt.

Beim Gang zum Strand nahm sie wieder wie selbstverständlich meine Hand. Ich wunderte mich über das muntere Treiben auf der Straße. Da liefen die Frauen im Bikini rum, die Männer in der Badehose. Sozusagen mitten in der Stadt. Niemand nahm Anstoß daran. Als wir die Bucht von Rio erreichten, sah ich zum ersten Mal den Zuckerhut real und auch den Felskegel mit der Christusfigur, die über Rio schützend ihre Arme ausbreitet. Oben an der Promenade reihten sich die Bars und Cafés, am Strand die vielfarbigen Sonnenschirme, Liegestühle und Decken. Von überall her tönte der Samba, und manche tanzten dazu im Sand. Den Tanga der Frauen sah man kaum. So winzig war er. Ich mietete an einem einfachen Stand unterhalb der Promenade zwei Liegestühle, einen Sonnenschirm, bestellte zwei Caipirinhas. Kiara zog das Kleid aus, saß jetzt in einem superknappen Tanga neben mir. Die Betreiberin des Standes stellte uns einen kleinen Tisch zwischen die Liegestühle, kam kurz darauf mit den Caipirinhas. Wir stießen mit den Gläsern an. „Saúde! Divirta-se!" sagte Kiara. – Prost! Auf eine schöne Zeit!

19

Ich wollte bei der Unterhaltung keinen Fragenkatalog abspulen, war aber trotzdem neugierig. „Wie lange bist du schon Single?" fragte ich. Sie hatte das in ihrem Profil so angegeben.

„Single ist nicht ganz richtig. Ich hätte eher angeben müssen ‚verwitwet'. Aber das hört sich komisch an. Mein Mann war Zahnarzt. Er ist mit 71 gestorben, war 25 Jahre älter als ich. Es war eine friedliche Ehe. Du siehst also, das mit dem Altersunterschied geht. Bei uns ist der ja auch unerheblich."

„Und warum sprichst du so gut Englisch?"

„Ich habe in der Praxis mitgearbeitet. Wir hatten viele Patienten, die aus den USA nach Brasilien kamen. Paulo war sehr begehrt. Ich musste Englisch lernen. Jetzt bekomme ich eine gute Witwenrente. Du musst dir also keine Sorgen machen wegen dem Geld. Ich kann gut für mich selbst sorgen." Sie lächelte dabei, zog an ihrem Strohhalm.

„Triffst du auch noch andere Männer?"

Sie schüttelte den Kopf. „Nein. Ich sollte in ein paar Tagen noch jemanden treffen.

Auch einen Deutschen. Er ist schon in Brasilien. In Florianopolis. Warum und was er da macht, weiß ich nicht. Außerdem ist er älter als du. 75. So hat er es jedenfalls angegeben. Ob sein Foto im Profil aktuell ist, weiß ich nicht. Im Netz wird ja viel gelogen. Er wollte nach Rio kommen. Aber als ich im Hotelzimmer war, habe ich das Treffen abgesagt."

Ich hatte Mühe, keine Regung zu zeigen, ein Lachen zu unterdrücken. „Na ja", meinte ich. „Der hat hier in Rio bestimmt noch ein paar andere Treffen. „Wie hat er reagiert?"

„Ist nicht schlimm', hat er gesagt. Er hatte das Mikrophon seines Handys auf laut gestellt. Ich hörte, wie eine Frau neben ihm fragte: ‚Who is she?'"

„Dann ist er ja getröstet", kommentierte ich, „wenn er schon eine Frau gefunden hat. Da muss er nicht mehr nach Rio kommen."

„Er will aber trotzdem kommen, wenigstens eine Tasse Kaffee mit mir trinken, hat er gesagt."

„Und? Wirst du das machen?"

„Weiß ich noch nicht. Aber nur, wenn du dabei bist. Dann könnt ihr euch auf Deutsch unterhalten. Sein Englisch ist nicht so besonders. Portugiesisch spricht er überhaupt nicht, kennt nur die Tageszeiten und ‚Danke‘ und ‚Bitte‘.“

„Ach“, redete ich mich raus, „ein Treffen ist nicht unbedingt notwendig. Ich habe mich schon genug mit Deutschen unterhalten. Mir tust du keinen Gefallen damit.“

„Und was ist mit dir?“ fragte sie. „Triffst du noch andere Frauen?“

„Nein. Du bist die einzige. Ich habe keine andere Verabredung. Dein Profil hat mir am besten gefallen, und jetzt in real gefällst du mir noch mehr.“

„Wirklich?“

„Ja.“

Sie legte den Arm um meine Schulter, ein kurzer Kuss flog auf meine Lippen.

„Ernesto, wir werden uns gut vertragen.“

20

Sie hatte ihren Caipirinha ausgetrunken, stand auf. Mit der Figur könnte sie auch in Paris auf dem Laufsteg gehen, dachte ich.

„Kommst du mit?“ fragte sie.

„Nein, der Atlantik ist mir zu kalt. Ich habe auch meine Badehose vergessen."

„Schade!" Elegant wie eine Gazelle lief sie ins Wasser, sprang, als es ihr tief genug erschien, ohne sich abzukühlen mit dem Kopf zuerst hinein. Ich sah ihr zu, wie sie ein paar Minuten herumplantschte, dann etwas weiter hinausschwamm und schließlich wieder zurückkehrte. Sie kam mir lächelnd entgegen, bespritzte mich mit ihren noch nassen Händen, lachte.

„Damit du auch etwas mitbekommst."

Sie setzte sich wieder in den Liegestuhl, ließ sich von der Sonne trocknen. Eine Frage lag mir noch auf der Zunge. „Wie kommt es, dass eine so attraktive Frau wie du es bist, ‚Single' im Profil angibt. Was ist mit den brasilianischen Männern los?"

„Sie sind Machos und untreu. Gefällt ihnen eine Frau, können sie nicht widerstehen. Und außerdem will ich nach Deutschland."

„Warum? Was ist da so schön?"

„Ihr habt Sicherheit und Ordnung, und die Männer sollen treu sein."

„Ihr habt in Brasilien mehr Ordnung und Stabilität als wir", entgegnete ich. „Ich denke, ihr seid auch weiter entwickelt. Die Verhältnisse haben sich umgekehrt. Von wegen Entwicklungsland. Wir sind im Sinkflug. Erst vor einer Woche habe ich noch in den Nachrichten gelesen, dass die Grünen für 500 Milliarden Waffen an die Ukraine liefern wollen. Das ruiniert den Staatshaushalt und läuft den Friedensverhandlungen von Trump total entgegen. Auch wird die Meinungsfreiheit mehr und mehr eingeengt. Die machen immer wieder Razzien, beschlagnahmen Handys und Laptops. Sie steuern auf die Orwellschen Zustände zu, die er in seinem Roman ,1984' hellsichtig vorausgesehen hat. In diesem Roman wird alles überwacht und man darf nur eine einzige Meinung haben. Die des Staates. Die spinnen zur Zeit in Deutschland. Da ist nichts Gutes zu erwarten. Hast du überhaupt einen Reisepass?"

„Natürlich. Ich war mit meinem Mann öfter in den USA. Warum fragst du?"

Ich zuckte nur mit der Schulter, antwortete nicht darauf. Sicher hätte ich sie gerne mit nach Deutschland genommen, auch wenn wir uns jetzt noch kaum kannten. Schließlich aber sagte ich:

„Ich würde lieber hierbleiben. Es gefällt mir. Nicht nur weil es warm ist."

„Ein skeptischer Blick traf mich. „Wirklich?"

„Ja, wirklich. Mein Geld kann ich auch hier am Bankautomaten abheben."

„Aber du darfst nur drei Monate bleiben. Dann musst du wieder zurück."

„Ach, das kriegen wir schon irgendwie geregelt."

Wie, das sagte ich nicht, dachte aber, mit einer Heirat wäre das Thema erledigt. Oder mit einer notariell beglaubigten Lebensgemeinschaft. Die notwendigen Papiere hätte ich rasch besorgt. So weit mit meinen Gedanken war ich schon am allerersten Tag. Neben einem rassigen Weib geht es mir einfach gut. Wünsche und Vorstellungen galoppieren davon. Wie bei Petermann.

21

Gegen Mittag gingen wir in eins der Restaurants an der Promenade. Ich hatte Kiara dazu eingeladen. Ich bestellte zweimal ‚Moqueca', einen Meeresfrüchte-Eintopf. Dazu eine Flasche chilenischen Chardonnay. Die Verständigung klappte ausgezeichnet. Kiara sprach fließend. Ich bestellte eine zweite Flasche Chardonnay.

„Die Brasilianer sind beim Kaffee besser, die Chilenen beim Wein", sagte sie.

Ziemlich angeheitert kehrten wir am Nachmittag zum Hotel zurück. Kiara ging auf ihr Zimmer, ich auf meins. Wir verabredeten uns für den Abend, um die Copacabana by night zu erleben. Ich war noch nicht müde, fuhr mein Notebook hoch, sah nach Emails. Petermann hatte geschrieben und auch ein paar Fotos als Anhang mitgeschickt. Die zeigten nicht ihn, sondern nur Hilda, so als wolle er mich neidisch machen. Sie sah wirklich sehr gut aus, räkelte sich auf einem der Fotos mit ihren langen Beinen lasziv im Liegestuhl. Mit herausfordendem Schlafzimmerblick. Wenn das eine Studentin ist, dachte ich, bin ich der Kaiser von China.

Petermann schrieb: „Ich werde den Aufenthalt in Florianopolis verlängern. Es ist wunderschön, so eine ,Enkelin' zu haben. Mein zuerst noch schlechtes Gewissen habe ich in den Atlantik geworfen. Fühle mich jugendlich erfrischt. Hilda umsorgt mich, liest mir jeden Wunsch von den Lippen ab. Ich revanchiere mich großzügig. Womit, kannst du dir denken. Nein, nicht damit. Ich bin 88 und in den meisten Nächten gelingt nur noch eine zärtliche Umarmung. Ich hätte doch ein Päckchen von den Blauen mitnehmen sollen. Aber das ist auch so okay. Kiara habe ich geschrieben, wollte unser Treffen um ein paar Tage verschieben, aber sie hat ganz abgesagt. Warum, weiß ich nicht. Sie wollte sich dazu nicht äußern. Mit Hilda liege ich tagsüber am Strand. Ich sehe inzwischen aus wie ein zerknitteter Indianerhäuptling, habe das mit der Sonne etwas übertrieben. Alle Falten sind zurück. Aber was macht das schon!? Hilda jedenfalls stört es nicht. Mit der Verständigung geht es so lala. Ihr Englisch ist besser als meins. Das meiste, was wohl meinem Alter geschuldet ist, habe ich vergessen. Aber habe ich etwas Wichtiges zu sagen – und das ist selten – nehme ich meinen Translator zu Hilfe, was allerdings umständlich ist und keine normale, fließende Konversation zulässt. Hätten Änne und ich Kinder gehabt, hätte ich denen geraten: Lernt unbedingt Sprachen. Mathematik und auch andere Fächer könnt ihr vergessen. Lernt Englisch, Spanisch, Portugiesisch. Dann kommt ihr durch die Welt. Frankreich könnt ihr auslassen. Ich hoffe, es geht dir den deutschen Umständen entsprechend leidlich gut. Ab und zu lese ich auch Nachrichten. Die Germanen mit ihrem wiedererwachten Militarismus haben einen Schuss, werfen Geld für Waffen aus dem Fenster und lernen nichts. War ja auch so in Afghanistan. Jahrelang Geld verpulvert und dann hauen sie Hals über Kopf ab. Da lege ich mein Geld besser bei Hilda an. Wenn ich in Rio bin, melde ich mich wieder. Dein Freund Hans Petermann."

22

Ich war unschlüssig, ob ich mich nicht doch mit Petermann in Rio treffen sollte. Auf der einen Seite konnte es peinlich werden. Er wäre enttäuscht, dass ich ihm mit Kiara zuvorgekommen war. Auf der anderen Seite wollte ich mir sein überraschtes Gesicht nicht entgehen lassen. Ich wusste es nicht. Ich ließ die Entscheidung offen. Ich wusste auch nicht, ob Kiara dann noch bei mir wäre. In der Liebe ist alles möglich. Da gibt es Unvorhersehbares und den doppelten

Rittberger wie beim Eiskunstlauf. Am Abend an der Copacabana gab es immerhin einen Salto. Wir hatten wieder eine Flasche Chardonnay geleert, da sagte sie: „Isn't it stupid that we have two rooms?" – Ist das nicht blöd, dass wir zwei Zimmer haben?

Da war es wieder, das atemberaubende Tempo. Nun ja, dachte ich, in Südamerika sind die Frauen eben schneller, instinktiver. Da gibt es kein langes Geschnupper, ein Herumstreichen wie die Katze um den heißen Brei. Ist doch schön. In Deutschland hatte ich so etwas nur selten erlebt. Biggy fiel mir ein. Wir hatten uns am Duisburger Hauptbahnhof getroffen. Sie hatte mir beim ersten Date offenbart: „Ich komme gerade vom Arzt. Der hat gesagt: ‚Sie können sich wieder eine Langspielplatte kaufen. Sie sind völlig gesund.' Und dann schlug sie unverblümt vor: „Wir können jetzt nach nebenan ins ‚ibis' gehen. Wozu sollen wir lange warten!?" Oder auch die Studentin am Abendgymnasium, erwachsen schon, 42 Jahre. Klingelt überraschend und schon liegen wir hinter der Flurtür auf dem Teppich. Ich konnte einfach nicht ‚Nein' sagen. Und so auch jetzt.

„Du hast völlig recht", sagte ich zu Kiara. „Wir hatten in Deutschland einen Dichter, Schiller. Der hat einmal geschrieben: ‚Was du von der Minute ausgeschlagen hast, bringt keine Ewigkeit zurück.' Wozu also sollen wir lange warten? Was gibt es da zu überlegen oder zu prüfen und zu zögern. Du willst, ich will. Mein französisches Bett ist breit genug."

Hand in Hand gingen wir zurück zum Hotel. Ich spürte eine positive Nervosität. Anders als wenn man werktags alleine in der Wohnung hockt und sich auch nicht richtig auf das Wochenende freut. Ich bewunderte den Mut des alten Petermann. Wie hatte der das nur geschafft, sich aus der Apathie zu lösen und dann solch eine Reise anzutreten? Der Mut der Verzweiflung? Altersmäßig war der meiste Sand schon durch die Eieruhr gelaufen. Warum also nicht noch einmal auf den Putz hauen, statt gelangweilt immer wieder dieselbe Strecke spazieren zu gehen?

In dieser Nacht schlief ich so gut wie lange nicht mehr. Am Morgen fragte ich Kiara: „Habe ich geschnarcht?"

„Nein" sagte sie. „Du hast die ganze Nacht in meinem Arm gelegen und ab und zu gelächelt."

23

Beim Frühstücksbuffet meinte sie: „Wir müssen nicht länger hierbleiben. Ich habe ein Haus in Rio das Ostras. Es liegt unmittelbar am Strand, ist groß genug für uns. Ich habe es satt, dort alleine zu leben."

Schon wieder. Diese Lady zögert nicht lange. Und ich bin mit meinen 72 Jahren wahrhaftig kein George Clooney, dem die Frauen zu Füßen liegen. Warum also geht das so schnell? Zwar hatte sie mir in einer ihrer Nachrichten bei ‚Diamond Dating' einmal geschrieben: ‚Du bist etwas ganz Besonderes!' Aber ich sehe das nicht, weiß nichts davon. Vielleicht sehe ich ihrem verstorbenen Mann ähnlich oder ihrem Vater, den sie geliebt hat. Ist bei dieser Geschichte ein Haken, eine Gefahr? Nein, sage ich mir, will ich mir sagen. Diese Sanftheit und Zugewandtheit kann man nicht spielen. Also antworte ich nach einem kurzen Zögern: „Ja, das ist eine gute Idee." Da sie wirklich fließend Englisch spricht, dürfte das mit den USA, die Besuche dort, stimmen. Schickt sie irgendein Mann vor, um mich auszurauben, hätte er sich einen jüngeren Lockvogel gesucht. Davon schien es mir in dem Dating-Forum zahlreiche zu geben. Die füllen dann ihr Profil nicht aus, geben nur ihr jugendliches Alter an und setzen attraktive, verführerische Fotos ins Netz. Oder sind freischaffend unterwegs. So wie wahrscheinlich Petermanns Hilda. Ich kann mir nicht vorstellen, dass eine 25Jährige echte, erotische Gefühle für einen Opa entwickelt. Die Altersdifferenz zwischen Kiara und mir geht ja noch. Sechs Jahre, wie sie denkt. In Wirklichkeit neun. Das ginge ja auch noch. Also, Junge, denke ich, vertraue ihr, vertraue deinem Gefühl. Ohne Risiko geht nichts. Dann hättest du weiter deine unbefriedigende Wochenendbeziehung. Reiß das Ruder rum! Aber bau eine Sicherung ein.

„Ich würde mir gerne die Lage des Hauses bei Google-Maps angucken", sage ich zu Kiara. „Gibt es Bistros in der Nähe, einen Supermercado, vielleicht sogar einen Tennisplatz?"

„Ja, natürlich. Hast du was zum Schreiben?"

„Habe ich immer dabei. Auch ein kleines Notizbuch."

„Das ist die Avenida Cristóvão Barcelos, Nr. 25. Das Haus liegt wie gesagt unmittelbar am Strand, am Praia Tartaruga. Ein kleiner Supermarkt ist nur hundert Meter entfernt. Tennisplatz und Verein haben wir auch. Mein Mann und ich haben aber nicht gespielt."

„Wunderbar", sage ich mit etwas gemischten Gefühlen. So schnell war ich noch nie zu einer Frau gezogen. „Allerdings", fuhr ich fort, „habe ich hier für drei Nächte gebucht. Ich werde an der Rezeption Bescheid sagen, dass du für diese Zeit in meinem Doppelzimmer wohnst. Wird ja gehen. Ich würde gerne noch zwei weitere Tage an der Copacabana mit dir verbringen. Einverstanden?"

„Ja. Das machen wir so."

„Wie kommen wir nach Rio das Ostras?"

„Mit dem Bus."

„Ach was! Mit dem Taxi. Das Taxi hier ist nicht teuer."

„Nein. Mit dem Bus. Es sind 170 Kilometer. Die Fahrt mit dem Schnellbus dauert etwas weniger als drei Stunden. Es gibt keinen Zwischenhalt."

Nach dem Buffet verabredeten wir uns in einer halben Stunde an der Rezeption. Ich fuhr in meinem Zimmer das Notebook hoch und schrieb eine Mail an Petermann.

„Lieber Freund, wundere dich nicht! Ich bin in Rio. Habe hier eine sehr attraktive Frau gefunden und ziehe in ihr Haus in Rio das Ostras, Avenida Cristóvão Barcelos, Nr. 25. Der Ort liegt am Atlantik, etwa 170 Kilometer nördlich von Rio entfernt. Das Haus ist groß genug. Wenn du in Rio bist, komme uns doch bitte besuchen. Mit oder ohne Begleitung. Wir würden uns freuen, dich zu sehen. Wir können auch telefonieren. Viel Freude weiterhin mit Hilda. Aber suche dir hier in Rio etwas Älteres. Hält länger. Dein Freund Ernst (Ernesto) Zimmermann

PS: Solltest du mich da nicht finden oder nichts mehr von mir hören oder lesen, dann ist mir was passiert. Wer zieht schon Hals über Kopf zu einer Frau, die man erst seit einem Tag und einer Nacht kennt? Ich. Weil ich der weiblichen Schönheit nicht widerstehen kann."

„Kiara", fragte ich, als wir auf dem Weg zur Copacabana waren, „darf ich in dein

Haus auch einen Freund einladen? Er will nach Rio kommen."

„Ja, natürlich. Lade ihn ein."

Ein wenig schämte ich mich für mein Misstrauen. Aber Kiaras Tempo war eben phänomenal.

24

Die Mail an Petermann hatte ich rasch geschrieben. Es blieb noch genug Zeit, um Angelika anzurufen.

„Ich komme am Samstag nicht", sagte ich.

„Warum nicht? Wo bist du?"

„In Brasilien, in Rio."

Sekundenlanges Schweigen, dann ihre Wiederholung: „In Rio?"

Mein knappes „Ja".

„Was machst du da?"

„Ich erfreue mich an der Wärme."

„Du hast Petermann getroffen, den Brautsucher?"

„Nein, der ist in einer anderen Stadt. In Florianopolis."

„Bist du alleine?"

„Im Moment ja."

„Was heißt das? Im Moment. Und nach dem Moment?"

„Gehe ich an den Strand, an die Copacabana. Da ist viel los."

„Hättest du das nicht vorher sagen können? Mit mir bereden?"

„Du hättest es mir ausgeredet."

„Allerdings. Du setzt unsere Beziehung aufs Spiel."

„Die besteht doch nur am Wochenende."

„Du weißt, warum. Im Gegensatz zu dir arbeite ich noch. Nach den Sprechstunden bin ich müde, brauche meine Ruhe."

"Ich aber nicht. Soll ich meinen Rhythmus nach deinem ausrichten? Ich will Tag und Nacht eine Frau an meiner Seite haben."

„Du bist possessiv."

„In der Beziehung gerne. Aber so schlimm ist es nicht."

„Du hast schon jemanden gefunden?"

„Weiß ich noch nicht. Ich bin ja erst den zweiten Tag hier."

„Was heißt das? Weiß ich noch nicht. Das muss man doch wissen."

„So schnell geht das mit dem Wissen nicht."

„Du hast also schon eine Frau im Blick? Sie ist neben dir, hört mit?"

„Nein, sie ist jetzt auf ihrem Zimmer."

„Ernst, du weißt, was das bedeutet?"

„Nein."

„Wenn du nicht sofort zurückkommst, ist es aus mit uns."

„Ich bin doch gerade erst angekommen."

„Du bist ein Arschloch."

„Sehr gerne."

Sie legte auf. Der Fall war erledigt.

25

Auf dem Weg zur Copacabana kaufte ich mir bequeme Havaianas, ziemlich bunt und nicht unbedingt altersgemäß. Aber da dachte ich wieder deutsch. In Rio guckt niemand danach. Da läuft jeder herum, wie er will. Da ist der Karneval ganzjährig. Auch Badeshorts, Typ Jamaica, mit Palmenmotiv und farbigem Sonnenuntergang, legte ich mir zu. Wir gingen wieder zu unserer Vermieterin vom vorigen Tag. Sie freute sich, baute Liegestühle auf, den Sonnenschirm, den kleinen Tisch, auf dem kurz darauf zwei Caipirinhas standen.

„Du gehst heute mit ins Wasser?" fragte Kiara.

„Weiß ich noch nicht. Erst einmal mit den Füßen. Der Atlantik ist kalt."

„Aber nicht hier in der Bucht."

Es war elf Uhr. Die Sonne stand schon hoch über dem Zuckerhut. 30 Grad, gefühlt 40.

„Na ja", meinte ich, „eine Abkühlung wäre schon gut. Gehen wir! Ich zog mich, im Liegestuhl sitzend, um. Kiara hatte nur ihr Kleid abzustreifen. Meine Güte, dachte ich, mit dieser Rakete hast du die Nacht verbracht. Hoffentlich kommen da noch viele. Ich konnte Petermann verstehen. So etwas verjüngt. Man passt sich dem Alter der Frau an. Im Pflegeheim wäre das unmöglich. Da geht es abwärts, ich meine mit den Jahren nach oben.

Hand in Hand liefen wir den Wellen entgegen, die an den Strand schlugen. Ein kleiner Schock. Der Atlantik war keine Karibik. Zeige Mut, dachte ich, und sei nicht so zimperlich. Du bist in Begleitung. Als das Wasser tief genug war, tauchte ich mit einem Kopfsprung unter, tauchte wieder auf, schüttelte mich, lachte. Puh, erfrischend! Zärtliche Wasserspiele. Wie schön das Leben sein kann! Was hatte ich eigentlich die Jahre vorher gemacht? Das war dagegen ein graues Kontinuum. Versunken, vergessen, langweilig. Ein Tag im Grunde wie der andere. Diesen Tag dagegen werde ich wegen seiner Schönheit immer in Erinnerung behalten. Mein Misstrauen in Kiaras Haus zu wohnen, legte ich ab. Carpe diem! Wir wiederholten den Tag von gestern, gingen am frühen Nachmittag wieder in dasselbe Restaurant. Ich bestellte eine Flasche Chardonnay. Kiara schlug vor: „Probiere einmal ‚Bobó de Camarão'. Das kommt ursprünglich aus Bahia. Eine scharfe Cremesuppe mit Garnelen, Maniok, Dendéöl, Paprika, Knoblauch und Tomaten. Du magst ‚scharf'?"

„Ja, auch beim Essen."

Am späten Nachmittag gingen wir zurück zum Hotel. Ich hatte Kiaras Zimmer umgebucht. Wir waren vom Wasser, von der Sonne, dem Caipirinha und dem Wein müde, legten uns aufs Bett. Aber allzu müde waren wir dann doch nicht.

26

Mit dem Taxi fuhren wir am nächsten Morgen nach dem Buffet zum Busbahnhof im Stadtteil Rio Novo. Wir erreichten noch den Schnellbus um 10.23 Uhr. Er hatte ausgerechnet die Nummer 1001 und ich musste an Scheherazade und die Erzählungen aus tausend und einer Nacht denken. Meine Prinzessin saß jetzt im Bus neben mir. Ab und zu schloss ich die Augen und fragte mich, ob ich träumte. Aber wenn ich sie öffnete, war alles real. Über die Ponte Niterói überquerten wir die Bucht von Rio und fuhren ohne Zwischenhalt an die Küste von Rio das Ostras. Vom Busbahnhof dort ging es mit dem Taxi eine kurze Strecke zu Kiaras Haus in der Avenida Cristóvão Barcelos.

Von einem Haus zu reden wäre völlig untertrieben. Es war eine Residenz. Kiaras verstorbener Mann musste verdammt gut verdient haben. Das Haus hatte zwei Etagen, war in einem spanisch-portugiesischen Stil eingerichtet, mit zahlreichen Antiquitäten, verfügte über zehn Zimmer, drei Bäder, zwei Küchen, zwei Balkone, Terrasse, Garten mit Swimmingpool, Garage, in der ein weißer

Mitsubishi-Jeep stand. Im Garten explodierte eine vielfarbige Blütenpracht. Von der Terrasse aus sah man auf den Strand und den Atlantik. Was die Freiheit des Blicks ein wenig trübte, waren die lanzenförmigen Spitzen, die auf einem Gitterzaun saßen, der sich um das ganze Anwesen zog.

„Ab und zu wird in der Umgebung eingebrochen", sagte Kiara. „Ich mach dich jetzt auch mit meinem Wachhund bekannt, eine Rottweiler-Hündin. Sie heißt Shakira, hat ihre Hütte hinter dem Haus. Abends und nachts dreht sie hier ihre Runde, passt auf. Sie ist ein wenig wild, hat mir im Haus schon manche Sachen vom Tisch gefegt. Zum Beispiel eine kostbare chinesische Vase. Deshalb lasse ich sie nicht mehr herein. Aber wenn wir abends auf der Terrasse sitzen, dann kommt sie und will Gesellschaft haben. Du musst keine Angst haben vor ihr. Im Grunde ist sie auch kein Wachhund, würde bei einem Einbrecher mit dem Schwanz wedeln und ihn begrüßen. Aber das wissen die Gott sei Dank nicht."

„Wer kümmert sich um den Hund", fragte ich, „wenn du nicht da bist?"

„Meine Nachbarin. Sie hat auch einen Schlüssel. Du wirst sie kennenlernen. Auch meinen Gärtner und die Putzhilfe. Mir ist das Haus zu groß, um selbst solche Arbeiten zu verrichten. Ich spiele auch immer wieder mit dem Gedanken es zu verkaufen. Aber die ganzen Erinnerungen hindern mich immer wieder. Ich bringe es nicht übers Herz. Vor drei Monaten war ich schon auf dem Weg zu einem Makler, bin dann aber vor seiner Bürotür umgekehrt. Dann kam mir die Idee, wirklich einen radikalen Schlussstrich zu ziehen und nach Deutschland auszuwandern. Aber du siehst, was daraus geworden ist. Jetzt bist du hier. Das ist auch okay. Die Hauptsache, ich lebe hier nicht alleine."

Wir gingen um das Haus herum zu Shakiras Hütte. Die Hündin schlief, wurde aber sofort wach, lief auf mich zu, sprang an mir hoch und schleckte mir, ehe ich mich wehren konnte, mit ihrer Zunge das Gesicht ab. Ich ließ es mir eine Weile gefallen, kraulte ihren Hals und sagte: „Jetzt habe ich noch eine Freundin."

27

„Du kannst dir hier im Haus ein Zimmer aussuchen und es als dein Büro einrichten", sagte Kiara. „Du hast mir ja erzählt, dass du Bücher schreibst. Was schreibst du denn zur Zeit?"

„Ach", antwortete ich, „ein Freund berichtet von seinen Reiseerlebnissen. Aber ob das ein Buch wird, weiß ich noch nicht. Er schickt mir seine Schilderungen per Email. Ich forme sie ein bisschen um."

„Wo ist er denn jetzt?"

„Nicht so weit von hier. In der Provinz Santa Catarina."

„Was macht er denn da?"

„Er sucht Wärme. In Deutschland ist es jetzt kalt."

„Nur Wärme oder auch etwas anderes?"

„Er ist 88 Jahre alt."

„Das bedeutet nicht viel."

„Na ja, weiß nicht. Aber er ist noch unternehmenslustig."

„Er hat dir schon Mails geschickt?"

Ich wusste nicht, ob ich Petermanns Erlebnis mit der so viel jüngeren Hilda erzählen durfte. Welchen Eindruck bekäme sie von ihm? Und so beantwortete ich ihre Frage mit einem einschränkenden ‚Ja'.

„Ja. Aber da ist noch nichts Besonderes passiert. Das kommt hoffentlich noch."

„Er ist verheiratet?"

„Er ist Witwer. Seine Frau ist vor drei Jahren gestorben. Drei Jahre hat er sich hängen lassen. Dann hat er endlich die Kurve gekriegt, trinkt weniger Whisky, ist unternehmenslustig geworden. In den drei Jahren war ich manchmal für ihn einkaufen, habe mit ihm Schach gespielt. Er wohnt über mir."

„Ihr seid zusammen geflogen?"

„Nein, ich wollte dir ja begegnen. Da stört ein Freund nur."

„Du könntest ihn jetzt aber trotzdem einladen. Jetzt stört er nicht mehr."

„Weiß ich noch nicht. Das ist keine gute Konstellation. Der eine hat eine Freundin, der andere nicht."

„Er sucht noch?"

„Ja. Er hat das Alleinsein satt."

„Ich kann ein paar ältere Freundinnen einladen. Die Susanna zum Beispiel. Die ist 78, alleinstehend und noch gut dabei."

„Hmm, aber Petermann achtet auf Sternzeichen. Er ist in dieser Beziehung abergläubisch."

90

„Was ist er denn?"

„Wassermann."

„Schön. Das passt. Susanna ist Zwilling."

„Er hat Angst vor Hunden", sagte ich.

„Ach, Shakira ist harmlos. Die begrüßt jeden."

Mir fiel nichts mehr ein. „Ja, gut", gab ich nach. „Ich kann ihm das ja mal vorschlagen."

28

Ich wählte ein Zimmer, oben, mit Balkon. Wegen dem Rauchen. Im Haus selbst hatte sie das nicht so gern, zeigte sich aber tolerant. Morgens, nach dem Frühstück in der Küche, durfte ich mir eine Zigarette anzünden. Oben auf dem Zimmer, das sogar einen antiken Sekretär hatte, konnte ich in Ruhe schreiben. Oder ich saß mit dem Notebook an einem kleinen Tisch auf dem Balkon, sah auf den Strand und den Atlantik, ließ die Gedanken schweifen und las die Emails, die Petermann mir schickte.

Ich lernte eine Menge netter Leute kennen. Die Nachbarin, den Gärtner, die schwarze, immer kichernde Putzhilfe, Freundinnen Kiaras. Sie alle waren sehr freundlich und herzlich. Bei der Begrüßung hielt ich sie vielleicht ein paar Sekunden zu lang im Arm. Aber sie beschwerten sich nicht. Auch Susanna kam eines Abends auf einen Gin Tonic. Die 78 Jahre sah man ihr nicht an, hätte sie auch auf 60 schätzen können. Sie war eine attraktive Lady. Kiara hatte mir etwas verschämt ins Ohr geflüstert: „Die ist auch untenrum noch aktiv."

Die Sorgen und Befürchtungen, die ich vor dem Einzug hatte, waren unbegründet. Im Gegensatz zu meinem Andernacher Dasein hatte ich jetzt ein ziemlich munteres Leben. Fast jeden Abend hatten wir Besuch. Tagsüber war ich mit Kiara am Strand oder zum Einkaufen. Oder widmete mich eben meinem neuen Buch, das allerdings noch in der Schwangerschaftsphase war. Petermann war jedoch fleißig und schickte mir häufig Emails über seine Erlebnisse und Empfindungen. Nach zehn Tagen war ihm Hilda wohl zu anstrengend. Er hatte sie großzügig mit einem Taschengeld belohnt und geschrieben:

„Ich weiß doch, was junge Damen wünschen. Bevor ich in Rio Patricia treffe, erhole ich mich erst einmal. Bin deinem Tipp gefolgt und habe mich im B&B einquartiert. Tagsüber sitze ich an der Copacabana und lasse mir einen Whisky schmecken. Der Caipirinha ist mir zu süß. Mit Patricia treffe ich mich in drei Tagen. Sie kommt zum Hotel. Dass es mit Kiara nicht geklappt hat, ist nicht so schlimm. Mal sehen, ob Cartagena de Indias überhaupt noch auf dem Programm steht. Müsste dann, um einreisen zu können, eine Impfung gegen Gelbfieber machen. Du weißt ja von der Coronazeit her, dass ich ein Impfmuffel bin. Ich misstraue diesen Eingriffen ins Immunsystem. Ach ja, und Danke für die Einladung. Mal sehen, aber ich glaube, ich werde sie annehmen. Deine Schilderung klingt recht idyllisch. Das hätte ich nicht von dir gedacht, dass du auf einmal nach Rio fliegst. Wie ist die Dame denn so? Wie heißt sie? Wie alt? Du könntest ruhig etwas mehr schreiben, musst kein Geheimnis daraus machen."

Ich antwortete ihm nur knapp, wobei ich seine letzten Fragen nicht beantwortete, sie geflissentlich ignorierte.

Zu diesem Thema schrieb ich nur: „Ich habe Glück gehabt, fühle mich wohl hier, werde wunderbar umsorgt."

29

Die Tage vergingen wie im Flug. Kiara liebte Musik. Das ganze Haus war davon erfüllt. An den Samba gewöhnte ich mich rasch. Lieber aber noch war mir der Reggae. Manchmal tanzten wir dazu auf dem Parkett des Wohnzimmers. Petermann schrieb weiterhin fleißig Mails. In Rio war er seinem Schicksal in die Arme gelaufen.

„Habe Patricia getroffen. Sie ist zwar schon 64, aber noch gut dabei. Sie ist hübsch. Ich schicke dir ein Foto als Dateianhang. Sprachlich geht es so einigermaßen. Sie spricht besser Englisch als ich. Tagsüber sind wir an der Copa Cabana. Halleluja, was tragen die Girls knappe Tangas zu ihren knackigen Figuren. Aber Patricia ist nicht eifersüchtig. Ich darf gucken. Ich soll zu ihr ziehen und mir die Hotelkosten sparen. Das werde ich auch machen. Sie hat ein Appartement in Ipanema, unweit vom

Strand dort. Kolumbien kann ich mir also schenken. Obgleich das reizvoll ist, neue Frauen kennenzulernen. Ich will es aber nicht übertreiben. In meinem Alter liebt man doch eher die Ruhe. Aber bevor ich zu ihr ziehe, würden wir dich gerne besuchen. Dürfen wir zu Zweit kommen? Du hast ja geschrieben, dass das Haus groß ist. Du hast mir immer noch nicht gesagt, wie deine Holde heißt und wie alt sie ist. Hole das bitte mal nach und gib mir Bescheid, ob und wann wir kommen dürfen. Die Adresse habe ich ja schon. Deine Befürchtungen waren offensichtlich umsonst. So schnell wird man ja nicht überfallen und ausgeraubt. Du weißt doch, wie die Deutschen zu Vorsicht und Hysterie neigen. Ich bin natürlich nicht so dumm und gehe mit Goldkettchen, Rolex und tausend Reais oder noch mehr spazieren. Also melde dich bald! Dein Freund Hans Petermann."

Ich überlegte. Überrasche ich ihn mit Kiara oder kläre ich ihn vorher auf? Ich entschied mich für die frühzeitige Aufklärung. Dann hatte er noch die Wahl zu kommen oder es sein zu lassen. Aber ich rechnete damit, er würde kommen. Er schien sich ja in guten Händen zu befinden und kam nicht alleine. Kiara war mit der Einladung einverstanden. „So etwas musst du gar nicht erst fragen", meinte sie. „Wir Brasilianer lieben Gesellschaft."

Ich schrieb ihm zurück: „Ihr seid herzlich eingeladen, aber es gibt für dich eine Überraschung. Die Dame heißt Kiara, ist 63 Jahre alt und wäre eigentlich dein erstes Rendeszvous in Rio gewesen. Bitte verzeih mir. Ich hoffe, du hast mit Patricia mehr als nur einen Ersatz gefunden. Zur Wiedergutmachung spendiere ich dir auch eine Flasche Whisky, die allerbeste Sorte. Dann können wir auf der Terrasse unser Wiedersehen feiern. Ich bin dir übrigens zu großem Dank verpflichtet. Deine Reise, die ich anfänglich als irrsinnig empfand, hat mich sehr inspiriert oder besser gesagt infiziert. Ich fühle mich hier rundum wohl und möchte eigenlich gar nicht mehr zurück nach Deutschland. Wer springt von der Wärme schon freiwillig in einen Kühlschrank. Du weißt ja inzwischen, wie freundlich und herzlich die Brasilianer sind. Die Vorstellungen beziehungsweise Vorurteile, die ich zuvor hatte, haben sich völlig zerschlagen. Nicht Brasilien ist Entwicklungsland, sondern mittlerweile sind wir es. Die Verhältnisse haben sich umgekehrt. Also hoffentlich bis bald. Wenn ihr mit dem Bus kommt, teile mir die Ankunftszeit mit. Wir holen euch am Busterminal ab. So long! Dein Freund Ernst Zimmermann."

30

„Hast du deiner Freundin Susanna schon von Petermann erzählt?" fragte ich Kiara.

„Nein, noch nicht. Warum?"

„Er scheint sein Glück gefunden zu haben, ist ganz begeistert. Susanna einzuladen, ist nicht mehr notwendig. Er bringt jemanden mit."

„Auch gut. Wie heißt seine Flamme denn?"

„Patricia. Sie wohnt in Rio, ist 64 Jahre alt. Er meint, das passt. Er schreibt noch, wann sie kommen. Wir holen sie am Busterminal ab. Du kennst ihn übrigens."

„Woher?" fragte sie überrascht.

„Ihr habt euch auf dieser Dating-Plattform geschrieben. Du warst in Rio seine erste Wahl."

„Weiß ich gar nicht mehr. Da waren so viele. Ihr Deutschen seid anscheinend verrückt nach Brasilianerinnen. Wird das mit diesem Petermann Ärger geben?"

„Nein. Ich habe ihm schon alles geschrieben. Er ist nicht sauer auf mich. Warum auch? Er hat ja eine Frau gefunden, soll sogar zu ihr ziehen, bei ihr wohnen."

„Und? Hat er das schon gemacht?"

„Er wird es machen. Seine Kolumbien-Pläne hat er aufgegeben. Das wäre in seinem Alter auch etwas viel. Er kann ja nicht wie ein junger Hüpfer herumreisen und Frauen treffen. In seinem Alter sucht man eher die Ruhe."

Ein paar Tage später kam sein Anruf. „Wir sind am Busbahnhof, sitzen vor einem Bistro, trinken Kaffee. Kommst du uns abholen?"

„Ja, wir sind in zehn Minuten da."

Als wir ankamen, schien mir Petermann bei der Begrüßung einen vergleichenden Blick auf die Damen zu werfen. Was hat er mir da weggenommen, mochte er denken. Aber beschweren konnte er sich nicht. Mit Patricia hatte er Glück gehabt. Sie war schlank, nur wenig kleiner als er, hatte schulterlange, schwarze Haare, ein recht hübsches Gesicht, sah jünger aus als 64. Wir setzten uns auf einen Kaffee zu ihnen.

Kiara musste die Dolmetscherin spielen. Petermanns Englisch war holprig, während Patricia fließend sprach.

„Da hast du noch ein Stück Arbeit vor dir", meinte ich zu Petermann. „Du wirst entweder Portugiesisch oder richtig Englisch lernen müssen. Auch die sprachliche Kommunikation ist erotisch. Ohne geht es nicht."

„Ach was!" sagte er. „Wir verstehen uns auch so. Ich vergesse die Vokabeln immer. Habe ich mir ein Wort gemerkt und da kommt ein anderes, ist das vorige wieder weg. Meine Merkfähigkeit ist zum Teufel. Ob das wohl am Alter liegt?"

„Sieht so aus. Geht mir übrigens genauso. Jedenfalls mit Portugiesisch. Englisch habe ich nicht vergessen, habe es ja am Abendgymnasium unterrichtet. Das bleibt. Bei einer neuen Sprache hilft in unserem Alter nur die dauernde Wiederholung. Ich erinnere mich noch an einen lateinischen Spruch. ‚Repetitio est mater studiorum.' Die Wiederholung ist die Mutter der Studien. Je älter wir sind, desto intensiver müssen wir wiederholen. Nimm dir ein Beispiel an dem alten Schliemann. Der hat für seine Ausgrabungen noch Griechisch gelernt."

„Schliemann?"

„Archäologe. Hat Troja entdeckt. Wir entdecken die Frauen. Das müsste ein genau so gutes Motiv sein. Also die Vokabeln in ein Heft schreiben und immer wieder lesen. Dann bleibt vielleicht was hängen."

Er verdrehte die Augen. „Wie mühsam! Ich habe in meinem Leben genug gerackert."

„Ohne die Sprache, mein Lieber, wird es auf die Dauer nicht gehen. Frauen sind nicht nur zum Anfassen da."

„Patricia könnte Deutsch lernen."

„Ach was! Wegen der Grammatik viel zu kompliziert. Denke nur an die Artikel. Der, die, das. Die verändern sich je nach Fall. Ich liebe die Frau. Der Koffer gehört der Frau, die Macht über Männer den Frauen und so weiter. Kann sich doch kaum ein Mensch merken. Englisch wäre für dich leichter. Da gibt es diese Kompliziertheit nicht."

„Geht aber ganz gut mit meinem Übersetzungsgerät."

„Umständlich. Willst du das immer hin und her reichen? Das tötet auf die Dauer die Liebe."

„Na ja, wenn du meinst. Ich will Patricia nicht verlieren."

31

Die Tage verliefen in einer harmonischen Routine. Strand, Bistro, die Frauen kochten danach die leckersten Sachen. Den Abend verbrachten wir auf der Terrasse mit Kerzenlicht und Prosecco. Für Petermann gab es den Whisky, den ich ihm schuldig war. Ich übernahm für ihn die Rolle des Dolmetschers. Bei einem der Strandspaziergänge ließ er die Frauen vorgehen und sagte: „Was hältst du davon, wenn wir hierbleiben? Ich meine uns beide. So warm haben wir es in Deutschland nicht. Ich denke nicht nur an das Klima."

„Du meinst auswandern?"

„Ja. Wir sind frei, unabhängig, haben unsere Rente. Geld abheben können wir auch hier. Was hält uns in Deutschland?"

„Eigentlich nichts. Du findest mit deinen 88 Jahren dort keine Frau mehr, und mir ist meine Beziehung nur am Wochenende zu wenig. Aber wir könnten

Kiara und Patricia mitnehmen. Hat sie einen Reisepass?"

„Ja, hat sie. Aber ich bezweifle, ob sie sich dort wohlfühlen. Außerdem sind unsere Wohnungen recht klein. Genauso wie dein Auto. Da sitzen wir wie in einer Sardinenbüchse."

„Mach meinen Fiat nicht schlecht."

„Nein, will ich nicht. Bleiben wir hier, haben wir aber ein anderes Problem", warf Petermann ein.

„Welches?"

„Wir dürfen nur drei Monate bleiben. Dann müssen wir raus und dürfen erst nach drei Monaten wiederkommen."

„Lässt sich leicht lösen."

„So? Wie denn?"

„Heiraten. Dann bekommst du sofort die Residencia."

„Ich musste meiner Änne auf dem Totenbett versprechen, nicht mehr zu heiraten."

„Was soll der Blödsinn!? Will sie, dass du ihr bald nachfolgst? Wäre ja fast passiert. An Schwachsinn ist kein Mensch gebunden."

„Ich glaube, du hast recht."

„Also", schlug ich vor, „Kompromiss. Wir bleiben bis zum Anfang des Sommers hier, fliegen mit den Frauen nach Deutschland, besorgen uns die Papiere, die man für so einen Akt braucht, und fliegen dann mit den Beiden nach Brasilien zurück, heiraten hier und bleiben."

Petermann nickte. „Gute Idee. Das besprechen wir heute Abend mit den Frauen. Wir könnten sogar zu Viert hier wohnen. Das Haus ist groß genug. Dann hätten wir eine kleine Kommune. Ist doch besser als alleine in einer Mietwohnung zu hocken und auf das Pflegeheim zu warten oder auf den Tod."

Am Abend sprach ich mit den Frauen. Sie waren einverstanden, freuten sich auf die Reise und die Doppelhochzeit danach.

„Danke!" sagte ich zu Petermann. „Jetzt ist endlich wieder was los. Mit deiner mutigen Reise hat alles begonnen."

www.ruediger-schneider.net